竜と祭礼
―魔法杖職人の見地から―

筑紫一明

GA文庫

カバー・口絵・本文イラスト
Enji

プロローグ　埃舞う

RYU TO SAIREI

店を出るとき、イクスは多少の淋《さみ》しさを覚えた。それは無理もないことだったが、本人にとっては意外だった。その感情に引っ張られるようにして、玄関で一度振り返った。

屋内はがらんとしている。

古びた棚が壁際にならんでいる。奥の部屋や二階にも家具を残してあった。必要であれば次の住人が使うだろうし、不要なら壊して薪《まき》にするだろう。買い手は現れるだろうか、とイクスは思った。なにしろ山奥の寂《さび》れた村だ。しかし売れてくれなければ困る。養い親を亡《な》くし、職のあてもない身の上だ。当面の生活費はあるが、余裕があるとはいえなかった。

わずかに開けた扉から光が射《さ》しこみ、埃《ほこり》が舞っているのが見えた。

ふと、師匠の嗄《か》れた声がよみがえる。

「マレー教の奴等《やつら》はな、死んだあとどうなる言うか、お前知っとるか？」

枯れ木のような老人は、そう語った。

布団《ふとん》で横になりながら、顔をこちらに傾けて、必死に言葉を紡《つむ》いでいる。言葉を止めたときが己《おのれ》の死ぬときだと信じているのだ。

「魂が口から出て、天国へ昇る言うそうじゃないか、え?」

「そうだな」イクスは無関心に頷《うなず》いた。

「はン、俺《おれ》は、あんなんは信じんね。世界がの、んな、都合よくできとるかい」

「なら、死んだらどうなるんだ?」

「死んだらな、俺はな、埃になるんだわ」

「埃?」

「死んだらな、生き物は大きく膨らむのよ。大きすぎて、眼に見えなくなる。そんで軽っく、軽ーっくなってな、散らばった埃になって、ふらふらそこら中に漂うのよ」

一息に語ると、林を通り抜ける風のような咳《せき》を老人はした。

「漂うだけか、気楽でいいな」

「気楽なもんかぃ」老人は唇を震わせた。「最後に遺《のこ》るのがよ、お前みてぇな半人前で、何を安心しろっちゅうんだ」

「優秀な弟子は他にいるだろう」

「あーやだねえ、やだやだ、こんなんが杖《つえ》を作るっちゅうんだから世も末だ、客の魔法使いも災難だよ……」

ぶつぶつ呟《つぶや》く声は小さくなっていった。老人は辛うじて息を保ち、眠りに落ちた。

死に際の師匠はそうやって、長い眠りとうわ言をくり返していた。徐々に眠る時間が長くなっていき、とうとう目覚めなくなった。ひと月まえの話だ。

部屋を舞う埃を見ながらイクスが思い出したのは、そんなことだった。

「伝説の杖職人ムンジルも、死ねば埃か」

舌の上で言葉を転がし、扉を閉めた。もう看板は掛かっていない。戸に刻まれた文字――〈杖は持つべき者の手に〉だけが、唯一の名残《なごり》である。

店は村の端に位置していたから、村を出るとき他の住民とすれ違わないですむ。イクスは背負った荷物を軽く揺すった。まだ朝も早い。太陽が半身を露《あら》わにし、冷たい大地を暖めはじめた頃合《ころあ》いだった。

ひとまずは南の都市、レイレストを目指す。徒歩でも陽《ひ》が沈むまえには着くだろう。

獣除《よ》けの柵を越え、村の入口に立ったとき、イクスは見慣れない人影を認めた。南へ延びる下り道の先、一人の人間がこちらへ向かっている。全身を灰色の外套で覆《おお》い、顔もフードを被《かぶ》って隠していた。

今から去るとはいえ、自分が育った村だ。ささやかな義務感からイクスはその場で待った。怪しい人物なら、皆に警告しなければ。

間もなく二人は対面した。

相手のほうがこちらより頭ひとつ小さい。外套はなかなか上質な素材。そのわりに荷物持ちも付けず、大荷物をひとりで背負っている。ちぐはぐな印象を受ける人物だった。フードが陰になって顔は見えない。

無言で向かい合うことしばし。

「あの」

フードの向こうから女の声がした。やや低めの声だ。

「杖のお店はありますか？」彼女は訊《たず》ねた。

「杖の店？」

「この村にあると聞きました」

「……ああ」

イクスは小さく頷いた。

(なるほど、店の様子を見にきたのか)

村に買い手がいなかったので、麓の街にも知らせておいたのだ。彼女は事前に調べにきた買い手か、あるいは仲買人といったところだろう。こんな不便な立地に何の価値を見たのか、と疑問ではあるが……。

いずれにせよ自分の客だ。親切にしたほうがいい。

「それなら村に入って、最初に見える建物だ」

「ありがとうございます」

言うが早いか彼女は村へ消えていった。

「……商売か」

イクスはため息を吐《つ》いた。これからは嫌でもその世界に身を置くことになる。今の彼には、わずかばかりの金銭と、そして杖職人の技術しかないからだ。

約二十年まえ、イクスはあの店――ムンジルの魔法杖店《まほうじょう》の前に捨てられていた。置手紙のひとつもなく、襤褸《ぼろ》に包《くる》まれた赤子が軒先に放置されていた。雪の降る日だった。

水を汲《く》むために玄関を出たムンジルは、その赤子を拾い上げ、己の手で育て始めた。子には雪《イクス》の名が与えられた。

驚いたのは周囲の人々だった。なにしろムンジルは、杖作りの腕と偏屈さにかけては王国に並ぶ者なしとして有名な職人だったからだ。彼が子供を拾い、あろうことか自ら育てるなど、誰も考えられなかった。

あるいは、彼は死期を悟っていたのかもしれない。

結局、その子がムンジル最後の弟子となった。他の弟子たちは巣立っていき、彼の死に目に立ち会ったのはイクスだけだった。

本人の希望によって葬儀は行われず、王国最高と謳《うた》われた杖職人はひっそり世を去った。杖の素材や資料は生前に整理が済ませてあり、これも遺言によって彼の魔法杖店は閉まることになった。まさに埃のように、痕跡すら残さず消えてしまった。あとには伝説と、彼が育てた弟子だけが遺った……。

イクスは足をとめた。額の汗を拭《ぬぐ》い、空を見上げる。太陽は中天まで昇っていた。坂の下から強風が吹き上げて、髪を掻《か》き乱《みだ》していった。

休憩にしようと思い、道端に腰を下ろす。

道の両脇《りょうわき》には延々とエスネ林が続いている。とげとげしい葉と、硬い幹が特徴だ。魔力に反発する性質を持ち、杖の素材には適さない。代わりに、魔獣の侵入を防いでくれる。都市の周りにエスネの人工林や、柵が設けられることは多い。

こうして天然のエスネ林を切り拓《ひら》いた道筋のために、ここは昔から街道として利用されてきた。宿場として、道沿いの村々は大いに栄えたそうである。

しかし五十年まえ、王の街道《クサ・ツフ》が建設され、迂回《うかい》の多いこちらは無用になった。今では通行人など滅多《めった》にいない。証拠に、道には背の低い雑草が茂っている。

休憩を終え、イクスが立ち上がったとき、草を踏み分ける音が近づいてきた。

背後を振り返る。すると今朝《けさ》の彼女が、早歩きでこちらに迫っていた。吹き上げる風がフードを揺らすのを、片手で押さえていた。

店の検分はもう済んだのだろうか。

商売の世界は忙しいのだな、と思っていると、彼女はイクスの前で足を止めた。

相当急いできたのか、肩を上下させ、荒い息を漏《も》らしている。息切れを起こしながら彼女は叫んだ。

「なんで、嘘《うそ》を、ついたのです！」

イクスは首を傾《かし》げる。

「教えた場所で合っていたはずだ」

「もうお店なんてなかったです！」

「店主が死んだからな」

「なっ……、なぜ話したときにそう言わなかったのですか」

「聞いてなかったのか？」

「死んだとかまだ生きてるとか、麓では判然としなかったのです。葬儀は行われていないようでしたし」

「残念だが葬儀はやらない。その確認にきたのか？」

「だからそうではなく！」

いきり立ち、彼女は両手の拳《こぶし》を握った。

手が外れ、風をはらんで膨らんだフードがばさりと落ちる。

青みがかった黒髪が零《こぼ》れ出た。その下には褐色の肌。装飾的な耳飾りが右耳で金属音を発している。顔つきは幼い。明らかに成人まえだ。

一瞬はっとした表情を浮かべたものの、すぐ彼女は険しい顔つきになった。

「子供？」イクスは呟《つぶや》いた。「いったいどこから来た」

「王都から、です」

「わざわざこんな山奥まで？」

「外に出ないと手に入りませんからね」

「何がだ」

鋭い視線がイクスを貫いた。彼女は人差し指を突きつけた。

「あなたです、杖職人」

「違う」

「え？　イクスではないのですか？」

「イクスだ。そっちは？」

「私はユーイです」彼女は胸に手を当てた。「って、やっぱりイクスで合っているではないですか」

「合ってるな」

「村の人に聞いたのですよ。店主は死んで、弟子の職人が今日、レイレストに向かうと」

「たしかに俺はあの店主の弟子だ。だが職人じゃない。組合に登録していないからな」

「え、あ、え……？」

ユーイは目を白黒させた。組合制度を知らないのだろうか。外見のとおり、やはり東方の民らしい。そう思うと、喋《しゃべ》り方もどこかぎこちなく聞こえた。注意しなければわからない程度

に流暢《りゅうちょう》ではあるが。

「組合に登録せず『職人』を名乗るのは犯罪だ。今の俺は職人見習い——いや、正確には見習いでもないか。どこの店にも勤めてないんだから」

「ご、誤魔化《ごまか》しは通じません」ユーイは首を振った。「見習いだろうとなんだろうと、ムンジルの店の関係者でしょう」

「そのとおりだ」

「と、とうとう認めましたね。もう逃がしませんよ」

「最初から認めているし、誰《だれ》も逃げていない」

ユーイはイクスを睨《にら》み付《つ》け、イクスは無表情でそれに応じた。

「それで、ムンジルの関係者に何の用事だ？」

「さ、最初からそうやって素直に言えば……」

「いいから、用件を教えてくれ」

「むううう……、聞いて後悔しないでくださいよ」

ユーイは外套の中に手を入れた。

取り出したのは、一本の杖だった。

「この杖、直してもらいます！」

「無理だ」

「え、ちょ、ちょっと、もうすこし悩んでくださいよ……」

「さっきも言ったとおり、俺は職人じゃない。職人でもない人間が勝手に商売するのは違法行為だ。たとえ修理でも」

つらつら語りながらも、イクスはじっとその杖を観察していた。

魔法杖は長さで二つに大別される。人の背丈ほどある長杖と、肘から指先ほどの短杖だ。長さは持続力と瞬発力に関係し、長いほど持続力に優れる。対してユーイが取り出したのは、典型的な短杖だった。瞬間的な出力に優れた杖である。

よく言われるのは、「対人には短杖、戦争には長杖」という使い分けだろうか。「使い捨ての短杖、墓石の長杖」と揶揄《やゆ》されることもある。

それにしても、ユーイの杖は信じられないほどの逸品だった。

おそらく木材は五百年級のノゥブ。色は黒に近いが、これは使いこまれて変色したものだ。年代物である。だというのに、滑らかな形状にはほとんど撓屈《とうくつ》がない。値をつければ、下級貴族の資産くらい吹き飛ぶだろう。

「それは、ムンジルの作った杖か？」

「え、ええ。ご存じですか？」

「いや、見覚えがない。俺が来るまえに作った杖だな」

「あなたが来てから出来た杖は全部憶えている、という口ぶりですけれど」

である。

「はあ……」彼女は眉根《まゆね》を寄せてこちらを見る。

杖の出来もそうだが、師匠の作ったものとなれば、王国民ですらそうそう手に入らない代物である。

それをなぜ、こんな少女が持っているのか……。

東方の民であろう彼女が、街の近くとはいえ、わざわざ王国のこんな山奥までやってくるのも不可解。

訝《いぶか》る眼差《まなざ》しを向けると、ユーイは「な、なんですか⁉」と狼狽《うろた》えた。

「そうやって逃げようとしても、そうはいきませんからね。こちらには約定書があります」

「約定だと？」

「はい。杖の修理をしてもらう約束です」

「俺はそんなもの結んでない」

「あなたがしていなくても――」ユーイは荷物を漁《あさ》り、古びた封筒を取り出した。「あなたの師がしているのです」

「そう書いてあるのか？」

「そう書いてある、と聞いています」

眉《まゆ》をひそめ、イクスは封筒を受け取った。

封蠟《ふうろう》は間違いなくムンジルのものだった。師匠が書いたもので間違いない。
中には一枚、小さな紙片が入っていた。

ムンジル・アルレフの名に於《お》いて、今後三百年に亘《わた》り当杖（刻番八三〇五・滑）に関するあらゆる整備条項を、一度きり無償にて果すことを約定す。
尚、ムンジル死去の際は、彼に連なる門弟の職人が当約定を果すものと定める。これを最初に見たお前のことだ、まぬけ。投げ出したら今後一生杖に関るなよ。

師匠は案外あっさりと、埃より重く、大きく、なにより数倍厄介な代物になって帰ってきたようだった。

一章　片手に杖

RYU TO SAIREI

1

　太陽が傾いたころ、道の先にレイレストの城壁が見えた。交通の要衝だけあって、国境ほどではないにせよ堅牢なつくりをしている。今いる場所のほうが標高が高いため、壁の内側もわずかに見えた。隙間《すきま》なく屋根が連なっている。

「ああ、お腹空《なかす》いた……」

　イクスが背後を見ると、ユーイがふらふらした足取りで随《つ》いてきていた。彼女の歩調に合わせたせいで、到着が遅くなってしまった。道中聞いた話によれば、彼女は昨夜の晩にレイレストを発《た》ったのだという。つまり丸一日歩き続けているわけだ。最後の食事は村へ向かう途中の夜食だったというから、体力切れになるのも仕方ない。そのうえ夜の山道だ、緊張による疲労も大きいだろう。

　ユーイが追い付くのを待って、イクスは言った。

「魔獣が出ないし道もあるとはいえ、夜の山だぞ。獣は棲《す》んでるし、食事のこといい、向こう見ずすぎないか」

「昨晩は月明りもありましたから危険ではないと判断しました。それにご飯は村で買う予定だったのです。急いでいたのに、あなたが適当なことを言うから……」

「適当なことを言った憶えはない」

「あなたは気遣いとか礼儀とか……、ないのですか、そういうもの」

「師匠には客への対応は教えられなかった」

「そんなことで職人としてやっていけるのです？」

「弟子のなかでは俺《おれ》は愛想がいいほうだぞ」

「えっ」

下りが終わったところで道は曲がり、王の街道《クサ・ツフ》に合流していた。地面が石の舗道に変わる。街道から少し離れた脇《わき》には畑が広がっている。畑を大きく囲うように、簡素な木柵が設けられていた。

「驚いたな」イクスは呟《つぶや》きを漏《も》らした。

「どうしました」

「まえ来たときよりも、さらに畑が広がっている」

「そうなのですか。私は来たばかりなので、よくわかりませんが」ユーイは頷《うなず》いた。「勤勉なのは良いことです」

「そうかな……」

「何が気に入らないのですか？」

　城壁が見えてからも意外と距離があり、二人がレイレストの門に辿《たど》り着いたときには、もう陽《ひ》は壁の向こうに見えなくなっていた。

　巨大な門扉は開かれていた。傍《そば》に番兵が控えており、出入りする人々を威嚇《いかく》している。商人などは一度止められ、積み荷の確認を受けていた。

　イクスは胸元《むなもと》から通行証を取り出し、見えるよう首に提《さ》げた。ユーイも同じようにしている。彼女はまたフードを被っていた。

「ちょっと待て、お前」

　門を潜《くぐ》ろうとした瞬間、番兵の声が響いた。叫んだのは髭面《ひげづら》の男だ。イクスは咄嗟《とっさ》に立ち止まり、そちらを見た。他の通行人たちも同じように緊張している。

　男はつかつか歩いてくると、イクスの隣を通過し、ユーイの前に立った。互いの身長差から、男は見下ろすように睨《にら》み付《つ》けた。

「顔を見せろ」

「私、ですか？」

「ああそうだ。早くしろ」

「私は……」

「おいおい、そう不安がるなよ」彼はふいに優しい口調になった。「あくまで念のためだ。通行証を持っているのだから、顔の出来で止めたりはせん」

「……わかりました」

ユーイはフードを上げ、顔を俯《うつむ》かせた。褐色の肌、青みがかった黒髪が晒《さら》される。

「あァ……？」男は眉《まゆ》を上げた。「使節団の早駆けか？」

「いえ」

「だよなぁ。こんなガキじゃあ……。おい、もう一度通行証を見せろ」

通行証をぐいと引っ張られ、ユーイはつま先立ちになる。首筋を締め付けられ、彼女は顔を顰《しか》めた。通行人の輪から笑い声が漏れた。誰《だれ》の声かはわからない。

しばらく眺めまわしたあと、男はとつぜん通行証を手放した。ふらついたものの、なんとか彼女は転ばずに踏み堪《こら》えた。

「まあいい、行っていいぞ」

「はい」

「下手《へた》な真似《まね》はするなよ。お前らなんぞ、何されようが俺たちは関知しないからな」

「……はい」

「ほら、他の連中も門で立ち止まるなよ！」

通行人たちは思い出したように歩き始めたが、しかし先ほどとは違い、その喧噪《けんそう》にはユーイに対する囁《ささや》きが雑《ま》ざっていた。

再びフードを被り、地面に視線を落として歩く彼女を、イクスは見つめた。

王国で東方の民がどう扱われるのか、彼はあまり知らない。師匠の店には様々な客がやってきていたが、こういった類《たぐい》の情報はわざわざ伝えられないいし、実際に会うのはもちろん初めてだった。だが、番兵のあの態度、そして人々の反応を見るかぎり、とても歓迎されている雰囲気ではなさそうだ。

城門を抜け、ユーイは小声で言った。

「行きましょう、イクス」

「そうだな」イクスは肩を竦《すく》める。

レイレストは夕方でも活況を呈していた。

以前から交易都市として発展していた街だったが、王の街道《クサ・ツフ》が整備されてからというもの、国内外を問わず、人と物の集積地としてますます栄えるようになった。経済規模も人口も増加の一途を辿り、城壁内は息苦しいほどに人で溢《あふ》れている。

街を進む二人にも、次々行商人から声がかかった。路上に敷物を広げ、食べ物から宝石まで、何でも売りつけてくる。不思議な模様の入った道具を置いた商人の前で、一瞬ユーイの足が止まった。「おっ、顔の見えないアンタ！　ここに並ぶは王国中の既に亡《な》き神々、土着宗教の廃棄場ってところで……」と隙《すき》を逃さず胡散臭《うさんくさ》い商人が語り始め、慌ててフードを深く被って通り抜ける。イクスは徹底した無表情でやりすごした。

人混みにうんざりして路地に入ると、途端に悪臭が鼻を衝《つ》いた。そこかしこに塵芥《ごみ》や襤褸《ぼろ》が散らばっている。

「……ここを通るのですか？」

ユーイが不満そうに言う。

「人ごみより悪臭のほうがましだ、俺はな。嫌なら、ユーイは別の道から来ればいい」

「つ、随いていきます」

そう言いながらも、彼女は背中に張りつくようにして随いてきた。嫌ならなぜ無理をするのか、とイクスは思う。

「というか、どこへ向かっているのですか？」

「魔法杖店だ」

「わ、私を押し付けるのですか？　あなたが直す約束のはず……」

「約束通り俺が責任をもって直す。だが直すには道具が要るし、材料も要る。そのまえに杖《つえ》を細かく調べる必要だってある。それは俺一人じゃ無理だ。専用の設備がないと」

「伝手《つて》があるのですね？」

「義姉《ねえ》さん――姉弟子の店がある。師匠が遺《のこ》した仕事なんだ、断りはしないだろう」

「姉弟子さん……、その人も、あなたみたいに性格が悪いので？」

「腕は確かだ」

「腕は、ですか……」ユーイは頬《ほお》に手を当てて考える。「でもそんなお店ありましたか？　この街でも修理できないか、けっこう探したのですけれど」

「それは初耳だ。駄目だったのか？」

「け、検査だけでもかなりお金がかかると言われまして……。生死不明とはいえ、約定書もありましたし、ひとまずそちらにと……」

ユーイは恥ずかしそうに俯《うつむ》いた。

あの質の杖ともなれば、下手な扱いはできない。その分の上乗せ料金を請求されたのだろう。良い道具は買うのに金がかかるが、長く使うのにも金がかかる。金をかけられるから良い道具、ともいえる。

記憶にしたがって角を曲がり、路地を抜けようとしたとき、イクスの足許《あしもと》でなにか蠢《うごめ》いた。

「ひゃっ」

短い悲鳴をあげ、ユーイがイクスの背中に隠れる。

道端を見下ろすと、襤褸切れがもぞもぞ動いていた。大きいネズミか野良猫《のらねこ》かと思ったが違った。くすんだ肌色で、腕と足が生えている。

人間だ。

痩《や》せ細った浮浪民が、道端に座りこんでいた。生気のない瞳《ひとみ》で中空を眺めている。

二人は早足でその場を離れたが、その後も幾人も浮浪民を見かけた。ある者は躰《からだ》を縮こまらせ、またある者は乾燥した手を伸ばして、道行く人に物乞いをしていた。年齢も性別も関係なく、飢えにあえぐ人間が溢れていた。

「ここにいるのは、表通りで物乞いをする体力もない連中だ」イクスは呟いた。「この路地にこれだけいるなら、街全体にいったい何人いることか」

「王都ではここまで酷くなかったのですが……」

「数年まえ来たときもここまで酷くなかった。話には聞いていたが、そうか、王都には浮浪民はいないのか」

「いないわけではありませんが、多くは救貧院に送られたり、職を与えられたり、そうでない人たちも物乞いで食い繋《つな》げています」

「当代の王は救貧行政に積極的らしいからな。お膝元《ひざもと》では熱心なんだろう」

しかし王の目が届かない場所では、浮浪民は無視されるだけだ。だいたい救おうにも財源がない。特にこの商業都市レイレストにおいては、救貧税の増税が波紋を呼ぶのは明白だった。他の都市でも事情は似たり寄ったりだろう。マレー教の権勢が強い街ならばまた話も違うのだろうが……。

隣を歩きながら、ユーイが憂鬱《ゆううつ》そうに息を吐いた。

「王国は富栄えた国家と伺《うかが》っていました」

「栄えてるさ。浮浪民が増えたってことは、それだけ人口が増えたってことだ」

「貧しき民が増えては意味がありません。なぜこんな無軌道な増え方をしているのです？」

「さあな。反動みたいなもんだろ」

「何のです？」

「破脳病《ソニム》は知ってるか？」

「ええ、知識はあります」

破脳病《ソニム》――およそ二十年まえ、国民の三人に一人を殺したという流行病《はやりやまい》である。この病気によって王国は滅亡の一歩手前まで追い込まれた。病は国内にとどまらず、近隣諸国にも壊滅的な打撃を与えた。

山奥の小さな村とはいえ、師匠の店を訪ねてくる客層もあって、イクスはこの種の事柄には詳しかった。

これは人から聞いた話だけどな――と前置きして、彼は話し始めた。

「破脳病《ソニム》で馬鹿《ばか》みたいに人が死んだ結果、貴族の勢力が衰えて、農奴《のうど》は金と自由を得た。小金持ちになる農民も出てきた。すると、そういう奴《やつ》らが次々子供をつくりはじめて、結果、王国の人口は爆発《ばくはつ》的に増加した。今も増えてる最中だ。まあ、だからこそ、周辺の国から一歩先んじて王国は復興したわけだけどな。人口が増えれば、単純に働き手が増加する」

「ですが、それではなぜ貧民も増えたのです？」

「それも単純だ。食糧不足だよ」イクスは首を振った。「人が増えても、食い物は増えない。だから食糧価格が上がっている。食うに困って身を堕《お》とす奴、離散する家族も出てくる。行き場をなくし、道端に寝っ転がるしかなくなる。今必死に耕地を広げてる最中みたいだが――、人ひとり増やす手軽さに較《くら》べれば、とても追いつかないだろう」

ふむ、とユーイは俯いた。俯いたといっても、フードが軽く動いた、としかイクスには見えない。

「では貧者を、耕地開拓者として働かせるのはどうですか？」

「限度がある」イクスはすぐ答えた。「わかってるのか？　耕地を広げるってことは、つまり今まで耕地に適さなかった土地にも進出する、ということだ」

「土壌の問題ですか？」

「それもあるが、一番は魔獣だ」

「……ああ、なるほど」ユーイは息を吐いた。「いま耕地になっていない土地というのは、つまり魔獣が出没する土地なのですね。広げようにも広げられないと。私の国に魔獣はあまりいませんが、似たような話は聞いたことがあります」

「それで最近は、冒険者とかいう連中が持て囃《はや》されてるらしい」

「冒険者――」

「もとは自治団みたいな連中だったらしいが、最近じゃ制度を整えて、どんどん魔獣を狩ってるそうだ。耕地に出てくる魔獣を退治しては、農家や役所から報酬をもらってるんだと。武器を持ち歩いてる危険な奴らだが、最近は冒険者組合の規模がどんどん拡大して、一部の狩猟権や採取権も呑《の》みこんでるせいで、国もなかなか取り締まれないとかで……ユーイ？」

イクスは怪訝《けげん》な顔でユーイを見つめた。彼女は腕で自身を抱くようにし、ぶつぶつ小さな声でなにか呟いていた。

肩に手を載せると、彼女の躰がびくっと震えた。

「なんですか！　このユーイ・ライカに向かって――」

「こっちの台詞《せりふ》だ。そんなに腹が減ってるのか？」イクスがきく。

「あ、ええ……」ユーイは我に返ったように言った。「すみません。少々ぼんやりしていたようです」

「そうか。それで、どの宿に泊まる？」

「ややや宿⁉　い、いつ私が報酬に躰を出すと言ったのです――！」

「は？」イクスは片眉を上げた。

「……あの、魔法杖店に行くのでは？」

「もう陽が沈みかけてるから無理だ。義姉さんには陽が出てる間しか会えない。店を閉め切るからな」

数度瞬いたあと、ユーイはこれまでにない勢いで俯いた。フードをぎゅっと握り、あわあわと口を動かす。

「そ、そういうことはさきに言いなさい」

「言っただろ、レイレストに来る道中に。疲れて聞いてなかったのか？」

「う……」

「そこら辺の大衆宿でいいか？　ユーイがとってた宿があるなら、そこでもいいが」

「私はどこでも構いません。あ、ですが大部屋ではなく個室のある宿を所望します」

「個室ね……。それはもう大衆宿とは言わないが、善処しよう」

「ひ、一人用の個室ですよ？　二人部屋ではありませんからね？」

「当たり前だろ。二人部屋って、誰と一緒に泊まるんだよ」

「あ、いえ……」

彼女はさらにフードを深く被った。

2

ユーイ・ライカは眠たい目を擦《こす》っていた。

外套を寝床に脱ぎ捨てる。このところ、だんだん気温が上がっている。いい加減蒸れて不快だった。そうかといって、肌と顔を隠さずに外を歩けるほど、彼女は図太い神経をしていない。

崩れるように座りこむと、躰が根を張ったように動かなくなった。昨晩から延々歩き続けた疲労で、脚は固く張っていた。

「く、ふぅ――」

親指でふくらはぎを揉《も》むと、痛さと心地よさが混然一体となり、口から吐息となって漏れた。一日ぶりの食事で空腹は治まっていた。彼女はあくびをする。

あのイクスという男は信用できるだろうか、と考えた。

ムンジルの名は知っていた。東方にも知れ渡っている魔法杖の名工であり、様々な伝説がまことしやかに語られている。彼の杖で子供が戦士を倒したとか、壊れた杖を指一本で直したとか、森で遭難したとき枯枝《かれえだ》から杖を作り上げたとか、もちろんそれはいかにもな誇張だろうけれど、しかし彼の杖の凄《すご》さはよく理解している。偏執的なまでに無駄を削《そ》ぎ落とし、ただひたすらに精度が高い。自然と手に馴染《なじ》むため、初めはその凄さにも気づけなかった。偶然他の杖を使ったさい、あまりの違いに壊れているのかと勘違いして、ようやくわかったのである。

しかしその弟子がどれほど信用できるか――腕の面でも人格の面でも――疑わしいものだ。まったく変わらない無表情も、褪《あ》せたような鈍色の髪も、彼女の目には異様に映る。

戸を叩《たた》く音がした。慌てて身を起こし、返事する。

「どなたです?」

「イクスだ。入るぞ」

「はい？」

彼女がなにか言うまえに、扉が開いてイクスの顔が覗《のぞ》いた。鍵《かぎ》をかけるのを忘れていたのだ。

「うわあああ、なななななにを……」

咄嗟に外套を手に取り、着ている暇はないので躰に巻き付けた。巻き付けたあとで、イクスは自分の正体を知っているのだから、隠しても意味がないことを思い出す。そういえば彼は自分が東方出身であることに、特に反応しなかった。

イクスは彼女を一瞥《いちべつ》すると、部屋の中に入ってきた。手には四角い箱を持っている。細長い木箱で、上部に金属の取手が付いていた。大きさは彼の鞄《かばん》にぎりぎり入るくらい。荷物の中身はこれだったのか、とユーイは思う。

部屋の真ん中でイクスは腰を下ろした。箱から金属音が聞こえた。

ユーイは首を傾《かし》げた。どうにも夜這《よば》いの雰囲気ではない。『夜中に男が訪ねてくるとはそういうことだ』と祖母に教えられたのだが、王国では違うのだろうか。

外套から顔だけ出して、彼女は言った。

「夜遅くに女性の部屋にやって来るなど、あなたは何を考えているのですか！」

「杖を見せてもらいたいと考えている」

「しかも返事を待たず部屋に入るとは、どういう躾《しつけ》を——杖？」

「修理しなくちゃいけないからな。細かくはまた明日確認するが、簡単に調べておきたい。そのほうが話が早い」

「は、はあ……」

「眠いなら俺は帰るが」

「ね、眠くなどありません」

「そうか」

イクスは頷いて、箱を開けた。奇妙な道具を取り出して床に広げていく。一通り準備が終わると、今度は顔になにか巻き付けた。彼が顔を上げると、望遠鏡を反対にして縮めたような器械を左目に装着していた。最後に両手に白い手袋を塡《は》める。

熟練の戦士が見せる剣舞のように、一連の動作は滑らかで美しかった。

「ん」イクスは無言で手を差し出した。

「……？」

「杖を」

「あっ、は、はい」

見惚《みと》れていた自分に気づき、ユーイは赤面した。舞踏に誘われているのではない。杖を受け取るまえに、イクスは両腕を高く上げた。手を開いて、表と裏をユーイに見せつける。そうしてから、彼は大事そうにユーイの杖を受け取った。

木の台座に、細い針が突き出ているような道具がある。慎重な動作で、針の上に杖を載せる。

杖はしばらく揺れていたが、やがて床と完全に平行した。イクスが端を軽く押してやると、くるくる回り始めた。

真剣な表情で観察するイクスを、ユーイは寝床で眺めていたが、やがておずおず口をきいた。そのままでは眠気に負けそうだった。

「さっきのあれは、何の儀式ですか？」

「儀式？」左目の器械を弄《いじ》りながら、イクスは応じる。

「腕を上げて、なにかしていたでしょう」

「ああ、杖に触れるまえの──誓い？　宣言？　何ていうのか知らないが、そういうのだ」

「意味があるのですね？」

「今からは己《おのれ》の命より杖を優先する、という意味だ。気に入らないことがあれば腕を切り落としてもいい──ってな」

「なるほど、そういう伝統があったのですか」

「あったんじゃない。今もある」イクスは視線を動かさず言った。

「え？」

「俺の仕事に文句があれば、いつでも腕を落としてくれて構わない。客にはその権利がある。そして万が一杖が損なわれたら、俺は死んで謝罪に代える」

そう語る彼の目に、冗談や嘘《うそ》を言っている色はなかった。

「本気ですか？」

「本気だ」

「……死にたいのですか？」

「死ぬ気は毛頭《もうとう》ない。だが杖は魔法使いの第三の腕だ。他人の腕を扱うことは、その覚悟を持つことだと師匠に教えられた——磨くぞ」

「え、磨く？」

ユーイの困惑を無視して、イクスは乾いた布を取り出した。杖を柔らかく拭いていく。表面の汚れが取れると、今度は小さな瓶《びん》を手に取った。蓋《ふた》を開けると、白いどろりとした膏薬《こうやく》のようなものが出てきた。箱からまた別の布を取り出し、少しだけ膏薬をつけた。その布で磨くと、杖は見違えるように綺麗《きれい》になった。手垢《てあか》の黒ずみがとれ、本来の木目が見えるようになった。

「……そういえば」ユーイはふと口を開いた。「組合に登録しないでの修理は、違法だったのでは？」

「こんなのは修理じゃない。日常の手入れの範囲だ」

「そ、そうですか……」

自分が責められているようで、ユーイは項垂《うなだ》れる。

蠟燭《ろうそく》の灯がイクスの顔に揺らめいていた。ほんの一日の付き合いとはいえ、これまでの無感動な顔からは想像できないほど、彼は真剣な表情を浮かべていた。命より優先する、というのは本当らしい。

とりあえず杖職人としては信用できそうだ、とユーイは思った。

（……凄い顔）

鬼気迫るというのか。彼は本気で命を懸けているのだと、はっきり伝わってくる。

それにしても、そう、あの表情は誰かと重なるような――。

ふいにその顔がこちらを向いた。

「芯材《しん》は？」

「は、はい？」

ユーイは眠りかけた頭を働かせる。口もとに手をやった。涎《よだれ》を見られただろうか。

「この杖の芯材は何か、知っているか？」

イクスは杖を持ち上げて見せた。

杖に埋めこみ、その性質を決定するのが芯材である。用いられる素材は千差万別で、魔獣の骨や牙《きば》、鉱石、植物、ときには人体の一部を使うことさえある。この芯材と使用者の相性《あいしょう》が良いほど、杖はその力を発揮する。魔法杖の心臓部といえる。

ユーイの杖の芯材は、赤い宝石のようなものだ。特殊な素材で、触れるとかすかに熱を帯びている。

しかしその宝石に、今は小さな罅《ひび》が入っていた。

　ユーイがある魔法を行使したところ、パキ、と厭《いや》な音がして割れてしまったのだ。それでも魔法の使用はできるのだが、大幅にその性能は落ちてしまった。炎の代わりに出るのは種火、指の皮すら切断できない、といった有様《ありさま》である。

「木材がノゥブであることも、製法も大方わかった。だが肝心の芯材が……微妙なんだ」

「知らない素材なのですか？」

「いや……」イクスは何とも言えない顔になる。「十中八九、赤聖塊《シンイ・アレッツ》だろう。だが……」

　赤聖塊《シンイ・アレッツ》は高級芯材として有名な宝石である。これほどの杖に埋める素材としては申し分ないだろう、とイクスは語った。

「では何を悩んでいるのですか？」ユーイがきく。

「それにしては小さい気がする。いや、もちろん価格を考えれば、これでも充分張りこんだといえるんだが……師匠らしくない。それに――」

「それに？」

「いや、うん。性質がな……」

「そう濁されると気になるのですが。はっきり言ってください」

「――極端なんだよ。極《きわ》めて善良な杖だ」

　杖に強い性質を持たせるのが、ムンジル一門が作る杖の特徴ではあった。強い性質というのは、つまり使い手を択《えら》ぶということだ。相性が一致すれば大きな力を得られるが、相性が不一致であったり、性質に反した使い方をすれば、性能の半分も発揮できない。だからこその〈杖は持つべき者の手に〉──である。

そういった杖に慣れたイクスが見てもなお、これは異様だという。「よくこんな杖をまともに扱えてたな」と、感心とあきれの混ざった口調で呟いた。

「師匠が作ったことを差し引いても、これは普通じゃない。赤聖塊《シンィ・アレッツ》をどう加工したのかっていうのも気になるし、もし相性の悪い魔法使いが使ったらどうなるのか──」

「魔法を使えなくなります？」

「あるいは、もっと酷《ひど》いことになる」

「赤聖塊《シンィ・アレッツ》以外に候補があるのですか？」

「うん……」イクスは手を開いた。「一つだけ考えられるものはあるが、しかし、流石にあれはな……。いや、何にせよ知ってる人間に聞けばいいことだ。どうだ、知っているか？」

「いえ……わかりません」ユーイは首を振った。

「わからない？　職人から受け取ったとき、必ず説明を受けるはずだ。この杖を作った師匠なら、特に。客が完全に憶えるまで延々喋《しゃべ》ったはず」

それはそれでどうなのか、と思いつつユーイは口を開く。

「この杖を注文したのは、私の父ですから」

「なら父親にきけばいい。どこにいる？」

「いません」ユーイは息を吐いた。「死にました。私は形見としてその杖と、約定書を受け継いだだけです」

「そうか」

イクスは無表情で頷いた。

「なら仕方ない。明日、店の設備でわかることを祈ろう」

「あ……はい」

芯材を調べるのを諦《あきら》め、イクスはまた細々とした道具を取り出した。試しにユーイが訊《たず》ねてみると、案外のことすんなりと、何をしているのか教えてくれた。

わからない話もあったが、どうやら今は杖の詳しい状態を調べているらしい。小さな傷の有無や、たわみ、劣化具合を調べて、整備に役立てるそうだ。普段使っている道具でも知らないことが多く、思わずユーイはのめり込んで質問してしまった。

小一時間ほどでイクスは確認を終えた。

「もうすこし調べたいが、眠そうだから」と彼は言った。

「眠くは……、ありません」

先ほどから自動で瞼《まぶた》が下がってくるが、べつに眠いからではない、とユーイは主張した。言いたいことに口が追い付いていない気はした。

「そうか」

あれほどあった道具を器用に収納して、イクスは立ち上がった。取手を掴《つか》んで、扉のところまで歩く。

「もう帰るのですか……?」

「俺も眠くなったからな」

「待って……。そう、一つ訊きたいことが……」

立ち止まり、イクスがこちらを見下ろした。

「何だ?」

「試験魔法は、使わないのです?」

「ああ」イクスは小さく頷いた。

「どうして?」

試験魔法は、杖の状態を調べるために使う、効果を持たない魔法である。微量の魔力を流して杖の感覚を馴染《なじ》ませる。杖職人が整備まえに使うほか、魔法使いも準備運動代わりに使うことがある。

「俺は魔法を使えないからな」

「……え?」

本当に自分は眠いのかもしれない……。

ユーイはぼんやり考えた。

聞き違えたのだろうか。

今、何と言った？

「ああ、それと」

イクスの低い声が耳朶《じだ》を打つ。

「来たときは悪かった。次からは戸を叩いたあと、返事を待つようにする。師匠はそんなことしなかったから……すまなかった」

扉が閉まり、足音が遠ざかっていく。

ユーイは目を瞑《つむ》った。

（ああ、やっぱり聞き違いだった）

寝床の温かさに身を浸し、彼女は口もとをほころばせた。

イクスが謝る？

あの気遣いも礼儀も知らない男が？

嘘、あり得ない……。

3

翌朝になった。

ユーイは周囲を見廻《みまわ》しながら、イクスの後ろにぴったりついて歩いていた。いつも通り深くフードを被っているので、視界には彼の背中しか見えない。道がこみ入っているうえ、人通りが多いので、下手すれば迷子になりそうだった。よってこれはやむを得ないことだ、と彼女は考える。

しかし……。

「あの、本当に合っていますか?」ユーイはきいた。

「何がだ」

「ここにお店があるのですよね?」

「あるから向かっている」

「いえ、そうことではなく……」

街の中央部から離れた下町を二人は歩いていた。中流以下の人々が暮らす一帯だ。道端に建っているのはほとんど民家で、たまにある店も、居酒屋や小さな雑貨屋ばかりだった。

魔法杖は高級品である。貴重な素材が用いられ、職人の数も多くないため、必然的に高価になってしまう。そうでなくとも高度な教育を受けなければ魔法は使いこなせないし、国だって市民が魔法杖――強力な武器を持つことは歓迎しない。市民にしてみても、普段の生活で魔法を目にする機会はまずない。なにやら物騒な力くらいの印象で、むしろ忌避している者もいるくらいだ。したがって、魔法杖を買い求めるのは一部の冒険者や研究者、軍人、貴族、あとは魔法を学ぶ学生くらいのもの。つまりは金持ち相手の商売なのだ。一般市民には無関係の代物である。

そういう理由から、魔法杖店は街の一等地に構えられるのが普通だ。店内は貴族の屋敷もかくやという豪華さで、訓練された店員が使用人さながらに接客してくれる。以前ユーイが魔法杖店を探したときも、富裕層が住む地域にある店を廻ったのだ。金のない彼女に対しても、皆丁寧な対応をしてくれた。ムンジルの店の場所を教えてくれたのも――既になかったわけだが――彼らだった。同業者にすら彼の死は広まっていないらしい。

しかし今いる界隈は、どう見てもそんな高級店のある場所ではなかった。魔法杖など出そうものなら、途端に盗まれそうだ。

ユーイの不安を察したのか、イクスが言った。

「ここは土地が安いからな。元手が少なくても開業できる。客もあまり来ない。師匠の名は有名でも、弟子の名は知る人ぞ知る、だ」

「客が来ないって、それは問題なのでは……」

「いいんだよ。その代わり腕は抜群なんだから。わかってる客だけで充分儲《もう》かる」

「抜群というのは、どれくらいでしょう」

「弟子のなかで一番って意味だ」イクスは当然のように語る。「そして師匠の弟子で一番ということは、つまり、王国で一番ってことだ」

「才能、というのかな……。最後から二番目の弟子だっていうのに、凄《すさ》まじい速度で技術を身につけて、あっという間に他の弟子を追い越した」

前に立つ彼の顔は見えなかったが、その声には尊敬が滲《にじ》み出ていた。ユーイはあれ、と首を傾げる。

「な、なるほど」

「最後から二番目となると、イクスの上の？」

「そうなる。俺が一緒に生活したのはあの人だけだ。それより上の弟子は、俺が引き取られたときには巣立ったあとだったから」

「はあ……」イクスみたいに無愛想な人間だったら厭だな、とユーイは思う。「その方のお名前は？」

「モルナ・ヴェル」

朝陽に照らされた街を歩くうち、淀《よど》んだ水路が見えてきた。壊れそうな木橋を渡る。悪臭が昇ってきて、ユーイは気分が悪くなった。

水路沿いを歩いて、途中で道を折れる。掘っ立て小屋の並びに一軒だけ、多少はましな造りの家屋があった。ましといっても快適な家畜小屋、という見た目だったが。

「…………」

あっけに取られて、ユーイはその建物を見つめた。玄関の上に「モルナ・杖」と看板があるのが、店舗である唯一の証明だろうか。

イクスは躊躇《ためら》いなく扉を開け、中に入っていく。

「あ、ま、待ちなさいっ」

彼の背中を追って、ユーイも店内に入った。

黴《かび》っぽい臭いが鼻孔に飛び込んできて、彼女は思わず外套で鼻を覆《おお》った。眉をひそめ、部屋を見廻してみる。薄暗く、目が慣れるまで時間がかかった。

やがて見えてくると、店内は外見どおり、否《いな》、外見よりもさらに酷いことがわかった。

まず目に飛び込んできたのは、大量の丸太だ。様々な色の丸太が壁一面を覆っている。そのせいで陽の光が入らず、朝だというのに部屋を暗くしている。部屋の中央で蠟燭の火が揺れていたが、ほとんど意味がない。

そっと中へ歩いていく。部屋の片隅に奇妙な山があり、ユーイはそちらへ近づいた。

目を凝らしてみると、それは魔獣の死骸だった。

「……っ」

咄嗟に顔を背《そむ》けた。

大きさも種も違う魔獣が、無造作に積み上がっていた。濁った瞳が彼女を見つめている。防腐臭の魔法は使っているのだろうが、気分のいいものではない。

そうかと思えば、奥には魔法杖が整然と並んでいる。ここだけは綺麗に掃除され、長杖も短杖も、一つひとつ丁寧に陳列されていた。

一本の長杖が彼女の目に留まった。全体を白く塗られ、上部に碧《あお》い宝石が光っている。こんな美しい杖は見たことがない。聖女が持っていても違和感はないだろう。汚い店内との差が激しい。

これまでユーイが訪れたどんな魔法杖店よりも、みすぼらしく、乱雑で、奇妙な店だった。

（これは杖職人がおかしい、というより……）

ユーイは横目にイクスを見つめた。自分が何をしにきたか忘れたらしく、彼は並んだ丸太のひとつに釘付《くぎづ》けになっていた。彼女はため息をつく。

ムンジルの弟子は皆こんな感じなのだろうか？　すると、師匠本人はどれほどの変人だったのか……。

「刻番〇〇七〇・停」

唐突に耳もとで声がした。

「ふわっ⁉」

声を上げてユーイは飛び退《の》く。

気づかないうちに、彼女の隣に少年が立っていた。齢は十歳くらいだろうか。背が低い。薄い色の金髪を揺らし、口もとには薄っすらと笑みを湛《たた》えている。

「良質なアルテーを使用。芯材は燦花石《さんかせき》。純粋ながらへそ曲がりを好む」

「あ、あの……」

「耐久性に優れるが粘りに多少の難あり。総合評価は優良。売約済み」

言葉を遮《さえぎ》ろうとしても、少年はまるでユーイの声が聞こえていないかのようにじっと目を見て、微笑《ほほえ》んだまま口を動かし続けた。

「おお、オットー。邪魔してるぞ」

じりじり後退《あとずさ》っていると、横から声がかかった。

片手を挙げ、イクスがやって来た。オットーと呼ばれた少年はそちらに視線をやると、数秒の停止の後、「イクス」と呟いた。相変わらず微笑みは絶やさない。

「遺品の整理のときは助かった」イクスが言う。「いきなり店に来てすまないな」

「整理。僕も物をもらった」

「ああ、気遣いに感謝する」

イクスは上機嫌で言った。その態度を客にも向けたらどうなのか、とユーイは不満に思う。

「オットー、紹介する」そんな彼女に気づかず、イクスは腕を広げた。「俺の客だ。名前はユーイ。杖の修理を依頼しにきた」

ぱちぱちと瞬きして、オットーはこちらを見つめた。

「こ、こんにちは。ユーイです」頭を下げておく。

「僕はオットー」

「あ、はい。よろしくお願いします、オットー」

「客ではない」オットーは言った。

「はい？」ユーイは首を傾げる。「何を……」

彼女の言葉を遮り、イクスが口を開く。

「そうだな」

「今は無理」

「俺がやる」

「わかった」

ユーイには意味がわからない。助けを求めて、会話できている様子のイクスを見たが、通辞はしてくれなかった。

「えっと、モルナ――さんのお弟子さんですか？」彼女は訊ねた。

「いや、弟子というわけでもない。近所の家の子らしいんだが、義姉さんの手伝いに来てるだけだ」イクスは説明する。「最初は物珍しさで遊びにきてたそうだが、今では杖作り以外の仕事、つまり接客やら営業やら会計やら、そういった業務を全部やっている」

「子供に見えますが」

「年齢はユーイのほうが上だろうな。だが頭の出来なら、たぶんこの街にいる誰にも負けない」

「頭の？　出来？」

「天才なんだ、化物《ばけもの》みたいに頭がいい。オットーがいなけりゃ、今ごろこの店は潰《つぶ》れてる」

「あの、すみませんが、信じられません」素直にユーイは述べた。「彼が何を話しているのか、私にはわかりませんでした」

「気遣いとか表情とか、そういう無駄なものを切り捨ててるからな、オットーは。天才じゃなきゃそうはなれない」明るい声でイクスは言った。「信じられないなら、そうだな……。ああ、もし嫌じゃなければ、そのフードを取ってみるといい。面白《おもしろ》いことを教えてくれる」

「しかしこれは……」

「悪口を言う人間には見えないだろう？」

なんとなく周りを確認する。店内に自分たちしかいないことを確かめてから、ユーイはフードを取った。特徴的な髪と肌があらわになる。

オットーの微笑みがこちらを向き、数秒停止した。

「オットー。ユーイは？」イクスは片手で口もとを隠してきいた。

「シプク、タークドゥ、マサカク、ナダム」オットーは歌うように言った。

ユーイは息を呑む。今彼が挙げたのは、彼女の故郷の周辺に存在している都市の名前だったからだ。

イクスにも話していないことを、なぜ……。

なおもオットーの言葉は止まらない。

「耳飾りの特徴がハビ族王家のものに類似。金属加工に雑な部分。複数集落、村に近いものがある。以上」

「ど、どうして……」

思わず耳たぶに触れていた。冷たい感触をユーイは感じる。たしかにその耳飾りは、彼女の血筋を証明するものだった。しかしその意味を知る者が、王国にいるはずがない。

フードを被り直し、彼女はイクスに説明を求めた。

「記憶との照合をしているそうだ」彼はそう答えた。

「どういうことですか?」

「似てる人に会ったことがある、似てるものを見たことがある——ってさ。やるだろ?」

「それは、でも……」

「言っただろ、オットーは天才なんだ」イクスは両手の平を上に向けた。「人並み外れた記憶量、観察力を持っている。顔つきや骨格を見ただけで、相手の出身地や部族、親戚関係まで見破る。服装や仕草から立場や身分もわかってしまう。昔からずっとそうだったらしい。この街には国内外からあらゆる身分の人間が集まるからな。情報を蓄えるにはうってつけだ。その力をもってすれば——」

「私がルクッタの小部族の出身であることもわかる、というわけですか」

ユーイは自分の躰を見下ろした。

ルクッタは東方にある国家である。数年まえ王国に攻め入られ、激しく抵抗したものの、最後は荒廃した国土を背に降伏した。王国によれば「東の友好国」らしいが、人も土地も資源も差し出し、事実上は無力な属国だった。

太陽が動いて、店内にわずかな日光が射《さ》しこんでくる。

コト、と音がした。見ると、オットーは杖の整理をしていた。忙《せわ》しなく足踏みしながら、一つひとつ配置を微調整する。こちらに対する興味をきれいさっぱり失ってしまったようだ。いや、最初から彼はユーイに興味など持っていない。これとあれは似ている、という事実をただ指摘しただけである。

何だか気が抜けて、ユーイはため息をついた。

肩を竦《すく》めて、イクスは「行こう」と彼女を促した。店の奥の扉を開ける。

「オットーはしかも、あれだ。いい奴だからな。本人はあんな調子だからあまり理解されないし、家でも厄介者扱いされてるらしいが、いい奴だ」

何の言い訳か、イクスは早口で言った。

「大丈夫です。悪気がないことは理解しましたから」

「ああっと……」

普段の無愛想はどうしたのか、というくらいイクスの表情はころころ変わる。ユーイは苦笑して彼を見つめた。

「つまり、俺が何を言いたいかというとだな」

「はい」

「オットーみたいな天才が必要になるほど、義姉さんは杖作りに特化してるってことだ。ほら、陽が出てる間しか義姉さんに会えないって言っただろ？」

「聞きました」

「あれはつまり、陽が出てる間しかオットーが店にいないって意味だ」

4

物置のような部屋を進む。こちらは意外と整理されており、棚に細々としたものが収まっている。入ってすぐ左手に、中庭へ出る扉があった。今は誰もいない。突き当りに小さな窓があって、白い光が眩《まぶ》しい。奥の左手にも別の扉がある。どうやらこの建物は、店部分、物置、中庭、そして奥の部屋だけの構造らしい。

ユーイが見ている前で、イクスは戸を叩《たた》いた。

「義姉さん、イクスだ」

返事はない。

イクスはこちらに目配せした。頷きを返すと、彼は扉に手をかけた。

耳障りな音をたてて、扉が向こうに開く。それと同時に、どさどさと何かが落ちる物音。気にせずイクスは部屋に踏み込んでいった。

「お邪魔致します」

小さい声で言って、ユーイは部屋に入ろうとした。だが――。

「え、え？」

足の下ろし場所が見つからず、彼女は片足を上げた姿勢のままふらふら揺れるはめになった。入口の両脇《りょうわき》に、木箱や紙束がうずたかく聳《そび》えている。そのうちの一山が崩れ、地滑りを起こしたように近くの床を覆っていた。跨《また》いだ先にも、黒い布のようなものが落ちている――よく見るとそれは服だった。

いったん物置に戻り、部屋全体を見渡す。彼女は何とも言えない息を吐いた。

店の散らかりようも酷いと思ったけれど、こうして見ると、あれはこの部屋を何倍にも薄めた状態に過ぎない。

まず床板がいっさい見えない。生活用品や衣服を始めとして、数々の不思議な道具、もちろん木材に魔獣の死骸やその他の素材らしきもの、汚い色のごみのような何か、などなどが一体となって混沌《こんとん》を形作っている。

唯一片付いているといえそうなのは、部屋の奥にある作業机の周りだった。椅子《いす》には何も乗っておらず、机には作りかけと思《おぼ》しき杖が数本、そして加工用の刃物がいくつか。近くの床にも似た道具が転がっている。

イクスは部屋の惨状を気にするでもなく、散らばったものを平気で踏み付け、部屋の中ほどまで進んでいた。

彼は腰を屈《かが》めて、作業机付近にある襤褸の小山に手を伸ばした。がらくたが邪魔になって、そこに何があるのかユーイには見えない。

腕は小山に触れると、呑みこまれて奥に入っていく。肘まで隠れたとき、小山が一度大きく揺れ動いた。

「よし、釣れたな」

イクスが手を引くと、ごみや布をばらばら床に落として、一人の人間が姿を現した。

「うわっ」

身を竦ませたユーイの前で、陽光に照らされ、その様子がよく見えるようになる。

髪の長い女性だった。

腰まで伸びている髪は、しかしぼさぼさの癖《くせ》毛で、四方八方に飛び跳ねている。着ているのは大きな布に頭を通す穴を開け、さらにそれを何度も繕ったような衣服だが、生地が薄く、そもそも躰に対し小さいのだろう、胸のところで膨らんで下に落ちる間抜けな見た目だ。しかも布が足りず、床の近くでは生足が覗《のぞ》いていた。小枝のように痩《や》せ細った足首である。ぽっきり折れそうだ。

見たところ背は高い。イクスと同程度はあるはずだが、猫背のせいで幾分損している。瞳は覇気なく半開きだ。口の下に涎の跡が見えた。

「うぅ……」彼女は低く唸《うな》った。

寝起きというか、今も半分寝ているようだ。彼女はイクスの腕を引っぱって、自らの顔をごしごし擦り付けた。顔を洗っているつもりだろうか。塗料でも付いていたのか、彼の袖口《そでぐち》は黒く汚れた。無表情の口もとがやや歪《ゆが》むのを、ユーイは見逃さなかった。

なるほど――と彼女は思う。

わずか二人の例だけでも、ムンジルの弟子がどんな人間なのか、ユーイはわかってきた気がした。

「起きろ」

「あああああああ……うぁ」

イクスが腕を振ると、彼女はしばらく頑張っていたが、間もなく床にべしゃりと落ちた。強打した後頭部を押さえつつ上体を起こす。

「いたぁ……」目を擦って周囲を見廻した。「……い？」

「おはよう義姉さん」イクスが平坦《へいたん》な口調で言った。

「い、いっくん」

いっくん？　ユーイは目を回しそうになった。

彼女――モルナは数秒ほどぽかんと口を開けていたが、イクスの顔を見つめると、「ふぃふゅっ」と息とも声ともつかぬ音をたてた。口もとが奇妙に歪《ゆが》む。

「い、い、いっ……」

「昨晩だ。言ってただろ、整理が終わったら一度顔見せにくるって」

「そ、そう？　ふぃふぇっ」

「忘れてたな。そうだろうと思っていた」

「ひ、ひひひひ……」

不気味な声をあげて、モルナは肩を揺すった。

どうやら先ほどからのあれは、彼女なりの笑い声らしいとユーイは気づいた。つかえながらの力ない発声も、寝起きの動揺ではなく彼女の素のようだ。

モルナはゆらゆらと立ち上がった。赤子のように首を揺らし、部屋を見廻している。入口にも視線を向けた。ユーイと目が合う。

急にモルナの顔が蒼白《あおじろ》く染まった。口を半開きにして数歩後退る。背後の壁に躰がぶつかり、「ぐえ」と呻《うめ》く。

「い、いっくん、あ、あ、あ、あの人……」

恐いほどの勢いでモルナは震えた。人見知りの緊張にしては度を越している。ここまでくると、逆に申し訳ない気持ちになってくるユーイである。

「ああ、気は遣わなくていいぞ」部屋を出ていこうとする彼女を見て、イクスが言った。「初対面の相手にはいつもこうだ。しばらく一緒にいればましになる」

「は、はあ……」

「ね、ねえ、いっくん、無視、無視しないでよぉ」

イクスの袖《そで》に縋《すが》りついて、モルナは涙目を浮かべた。

「師匠の客だ。死んでるから俺のところに来た」イクスは簡潔に説明した。「杖の修理兼整備だ。いくつか道具と、義姉さんの力を借りたい」

「おきゃ、お客さん?」

「そうだ。師匠の約定書を持っている」

二人の視線がこちらを向いたので、一歩進み出て頭を下げる。

「ユーイという者です。お邪魔してすみません、モルナ……さん」

「ユーイ……」

「はい」

「…………」

潤んだ瞳でモルナはこちらを見つめた。

透き通った翠玉《すいぎょく》の眼だ、とユーイは思う。

見つめあうこと数秒。静寂の後、彼女は激しく目を泳がせた。

「あ、その、え、ええと……お、お、お茶っ」

「いえ、お構いなく」

「ど、どこどこ——」

「落ち着け。俺が出すから」

器用にその場で右往左往するモルナの頭を、イクスの右手が押さえた。「ふひゅ」と息を漏らし、彼女の動作が止まった。

すとんと椅子に腰を下ろすと、上目遣《うわめづか》いにイクスを見上げた。

「お、お願い」

「ああ」

「あ、私が用意します。場所を教えていただけますか？」

ユーイは逃げるように部屋を出た。流石にまだ二人きりになる度胸はなかった。

5

初対面の相手がいなくなって、モルナは落ち着きを取り戻したようだった。忙しなく部屋のあちこちに視線を向け、節足動物のように指を動かしているが、これが平常の彼女である。

そんな姿を眺めていると、どう受け取ったのか、義姉は怯《おび》えたように身を縮こまらせた。恐る恐るこちらを見上げる。

「あ、ご、ごめんね」

「何がだ？」

「えっ、う、ううん。何でもなくって……」

「そうか」

「うん」

「…………」

「あ……」

モルナは口をぱくぱく動かして、言葉だか何だかわからない音を発した。人と話すのは苦手だが、かといって沈黙にも耐えられない、彼女の厄介な性質である。

「そ、そ、そうだっ」引き攣《つ》った声でモルナが言った。「あ、あれ見せてよ」

「どれだ」

「あっ、や、約定書、あ、あるんでしょ？」

傑出した杖作りの腕と、致命的な対人能力の低さ、という意味でモルナと師匠は似ている。むしろ師匠より酷いかもしれない。少なくともムンジルは自分の店を一人で切り盛りしていた。もっとも、誰に対しても攻撃的な師匠と怯《おび》える彼女とで、方向性は真逆だが。

封書に目を通したモルナは、慎重な手つきで机に置いた。

「な、なるほど……」

「まったく、傍迷惑《はためいわく》な約定を遺していってくれたものだ。やっと遺品の整理が終わったと思ったのに」

「ま、まあ、修理すればいいいん——だよね？」

「ああ。芯材が壊れていたんだが……」

しかしその芯材が何かわからなかった、と伝えると、モルナは首を傾げた。

「い、いっくんにわからなかった、の？」

「俺に調べられる範囲は限られてるからな。なにしろ魔力も持ってない」

「それは、そうかもしれないけど……」モルナは約定書を持ち上げる。「う、うん。じゃあ、これは私が持っておくから」

「は？」

「え？」

二人は怪訝《けげん》な視線を交差させた。

「え、えっと、その」

「いや、怒っていない」涙目でぷるぷる震えだしたモルナに向かって、片手を開いてみせる。「そうじゃなくて、なんで義姉さんが持つのかと訊いてるんだ。そこに書いてあるだろ？　不本意だが、いちおう俺が『最初に見たまぬけ』なんだから——」

「で、で、でも――」そこで彼女が口を挟んだ。「職人、でしょ？」

「あ……」

思わず気の抜けた声が漏れた。

たしかにそのとおり、約定書には『彼に連なる門弟の職人』と記されている。杖の修理をするのだから、それは当然の記述といえたが――しかし。

イクスは職人ではない。

彼自身がユーイに語ったとおり。

だから杖を修理するのはモルナの仕事であって、自分はもう何の関係もないのだ。彼女のほうが圧倒的に腕は確かなのだし、そもそも懐《ふところ》に余裕のない人間が無償の依頼など受けている場合ではない。顧客《ユーイ》のためにも、現実的にも、それが最善。

だが――。

「いや、義姉さんに負担はかけられない」

考えるよりさきにイクスはそう口走っていた。

「え？　だ、だけど」

「修理は俺がやる。組合で職人登録すればいいんだろう？」

「いいの？」

「ああ。義姉さんと違って抱えてる仕事もないし、最初だけ手伝ってくれればいいさ」

「うん……」

頷いたものの、モルナは不安そうな表情を浮かべている。

「まあ義姉さんが心配するのもわかるが」イクスは鼻を鳴らした。「俺ごときの腕でも、芯材の交換くらいはなんとかなる」

「あ、違、いっくんの技術は問題なくて……」

「ああ、金か？　幸い、今ならまとまった額を持ってるから大丈夫だ」

「ううんと、お金は、えと、お金の問題も、うん、そうだけど、それじゃなくてさ……」

彼女は小さく首を振った。

「ど、ど、どうして？」

「だから、義姉さんの負担になるから――」

「べ、べつにそんな負担じゃないよ。師匠の杖だったら、わ、私も調べたいし」

「ああ……」イクスは眉を顰《ひそ》めた。「まあ、いいだろ別に。せっかくの初仕事なんだから、俺に任せてくれても」

「そ、そっか？　初仕事……。ひひ……」

何がおかしいのかわからないが、ともかくそれでモルナは納得したのか、それ以上は訊いてこなかった。

しかし当のイクスは、その場で物思いに沈んでいた。

（どうして――か）

初仕事などというのは理由になっていない。モルナに任せたほうが良いし、任せるべき仕事なのだ。つまり、これは自分の我儘《わがまま》である。

師匠が遺した面倒事を、我儘で引き受けた？

自分で自分の判断が理解できない。

しばらく眉間に皺を寄せていたが、やがてイクスはため息とともにその疑問を忘れることにした。吐き出された息は、大気中の埃を掻《か》き乱《みだ》すと、拡散して消えた。

6

ユーイはばらばらの器に飲み物を用意して、部屋に戻った。

音を立てて啜《すす》り、モルナの怯えも少しは減ったようだった。それでも視線は合わせてくれず、こちらの足許ばかりを見つめて言った。

「じゃ、じゃあ、その、杖を……」

「お願いします」

「ふぃ、へへへ……」

腰の引けた姿勢でモルナは杖を受け取った。両手で摘まむように持ち、作業机にそっと下ろす。流れるように例の儀式をすませた。

　イクスの洗練された所作とは異なり、モルナのそれは不気味な動きだった。ますます猫背を酷くして、舐《な》めるように杖を検分している。躰は大きく左右に揺れ、時おり「ひひっ」と笑い声をたてた。

「いいか？」イクスは彼女の耳元に顔を寄せ、低く呟いた。「製作年は――、伝播《でんぱ》効率は――、採用方式はレドノフ管変式二種の――、性質は極めて善良――、推定撓屈率は……」

　ちくちく顔にあたる髪は鬱陶《うっとう》しくないのだろうか、とユーイはぼんやり考えた。

　小一時間も経過したころには、複雑な器械を使ってモルナは杖を調べていた。傍《かたわ》らにはイクスが立ってその手伝いをしている。そろそろ検査も大詰めだろうか。

　しかし二人の表情は晴れない。眉間に深い皺を刻んで、しきりに首を傾げている。今は中央に大きな水晶が塡《はま》った器械から杖を取り出したところだった。

「やはりそうか？」イクスが呟く。「赤聖塊《シンィ・アレッツ》にしては周期がおかしいよな？」

「れ、れ、レドノフ系で説明できるよ」モルナが首を振る。「分岐点を早くして……」

「親和性を極限に？」

「そ、そう」

「いや、そりゃ理屈のうえでは面白い話だけど。そんな精度を確保するのは師匠でも無理だろう。だいいち杖として機能しない」

「あ、そっか……」

モルナはぐるりと首を回した。すっかり杖の世界に入りこんでいるらしく、ユーイのほうを向いても反応しない。

「使うしかないかな……」

「大丈夫か？」イクスがきいた。

「う、うん、たぶん。いける」

「わかった」

頷いて、イクスはこちらに歩いてきた。隣で壁にもたれかかり腕を組んでいる。厳しい表情でモルナを見据えていた。

「すいません、何を……」

「試験魔法を使う。近づくなよ、危険だ」

「魔法を？」

「この器械を使うのは久しぶりだからな。義姉さんも魔法が得意ってわけじゃないから、暴発するかもしれない」

詳しく訊ねるまえに、モルナの声が響いた。

「や、や、やるよ」

先ほどの器械にまた杖を装着すると、彼女は目を瞑《つむ》った。これはユーイもよく知っている。

慣れない人間が魔法を使うとき、こうして集中するのだ。

ひゅっと息を吸いこみ、モルナは魔法を使った。

試験魔法は光も音も出さない。魔力の流れだけをユーイは感じた。量も質もそれなりに良い。魔法使いの素質は充分にあるといえた。ただ使い方は荒く、訓練を受けた者でないことは明らかだ。

数秒の行使を終え、モルナは息を吐いた。

「終わったよ」こちらを見て彼女が言う。

「そうか」イクスは小さく顎《あご》を引いた。「どうだった？」

「う、うん……」

モルナは器械を一瞥《いちべつ》すると、「ふぃっ」と唇を歪めた。

「義姉さん？」

「ふふゅふゅふゅ……」

「ど、どうされたのですか？　モルナさん！」

問いかけにも答えず、彼女は肩を揺すっている。口もとに涎が垂れるのが見えた。

思わずユーイがイクスの顔を見ると、彼は愕然《がくぜん》とした表情を浮かべていた。だがその表情は徐々に明るくなっていき、終《しま》いには歓喜の叫びを漏らした。

「嘘だろ！」

「ひ、ほ、ほんと……」

「ははは っ」イクスがにやつく。「まさか師匠の与太話が実在するとはな。どうりで……」

「も、もっと調べないと。整形すれば再利用も、で、で……」

「待て待て。俺の客の杖だぞ。まずは俺が――」

二人は杖を囲み、気味の悪い笑みを浮かべる。

ユーイはおずおず話しかけた。

「申しわけありません、お二人とも、何を嬉《うれ》しがっているのですか？」

「あ、ああ、ユーイ」イクスは彼女の存在をようやく思い出した、という顔になる。「ようするに、この杖の芯材がわかったんだ」

「赤聖塊《シンイ・アレッツ》ではなかったのですね？」

「ああ、正体はまったく違うものだ。可能性として考えてはいたが、まさか本当にそうだったとは」

「何だったのです？」

「それはな……聞いて驚くなよ」

「勿体《もったい》ぶらずに教えていただけませんか」ユーイはあきれた表情をする。「私の杖の話ですよ」

「竜の心臓だ」

「はい？」

ユーイは自分の耳が信じられず、何度か瞬いた。

「竜だ――。竜の心臓だよ」イクスは感慨深げに語った。「あんなの師匠の出まかせだとばかり思ってた。それで杖を作ったことがあるってな。だが実物を見せられたら、これはもう、信じるしかない」

「竜……？」

「ああ。間違いない。だよな、義姉さん？」

モルナは勢いよく頷いた。

「そ、そ、それしかない。絶対にそう。こんなの、他にないよ」

「はあ……」ユーイは首を傾げた。「それでお二人とも、喜んでいるのですか？」

「当たり前だ。むしろ何でそんな微妙な反応なんだ。とんでもない杖だぞ、これ。おまえの父親って何者だったんだ？」

「いえ、私がききたいのは、それは容易に手に入る素材なのですか？」

「そんなわけないだろ」イクスはすぐ答えた。「話を聞いてた俺や義姉さんでさえ今まで信じてなかったんだぞ？　これ以外に現存してるかどうかってぐらいだ」

「あの……、では、どうやって修理するおつもりで？」

「え？」

イクスはモルナを見た。

彼女は黙って視線を受け止める。

数秒の沈黙の後、二人は同時にこちらを見た。

ユーイは信じられない気持ちで言った。

「まさか、ただ珍しい素材が見られたことを喜んでいたのですか？」

彼女の知識が正しければ、竜は千年以上まえに絶滅している。

二章　積んだ図書

RYU TO SAIREI

1

三日が経《た》った。

ユーイが魔法杖店《まほうじょう》に入ると、店頭にはオットーの姿だけあった。並んだ丸太を一つずつ手にとっては、木槌《きづち》で叩《たた》いて音を確認している。乾燥具合を調べているらしい。それぞれ違う杖《つえ》で魔法をかけており、性能確認と材料作りを同時に行っているそうだ。

オットーは扉が開いた音にも反応せず、集中して作業を続けている。

「ただいま帰りました……」

小声で言って、ユーイは抱えていた籠《かご》を置いた。中には異様に太い骨が数本入っている。魔獣の背骨だ。購入を頼まれた品だった。

普段は何日かに一度、商人が来て、モルナの注文を聞いていくそうだ。杖の素材に関しては金に糸目をつけない上得意なので、わざわざ店まで運んできてくれる。部屋の隅に積み上がった死骸の山は、そうやって出来上がったものらしい。都度解体して、各部位ごと、様々な用途に使われる。

しかし今回は芯材《しん》の修復という特例で、いつもとは違う魔獣の、それも特定の部位だけが必要になった。直接買いにいったほうが早いということになり、ユーイが手を挙げた。ここ三日は街と店を往復する日々だった。

客に手伝わせるわけにはいかない、好きにしていればいい、とイクスには言われていた。たしかにレイレストは各地の文化が集まる都市であり、表を見て廻るだけでも楽しめそうだった。けれど東方の民として、暢気《のんき》に観光できるとは思えない。

頼まれる素材は少々気持ち悪かったが、好奇や侮蔑《ぶべつ》の視線より、魔獣の骨を持ち歩いて不気味がられるほうがずっといい。少なくとも、誰《だれ》もフードを外せとは言ってこない。

帰りを伝えに行こうとした矢先、店の奥でくぐもった爆発音《ばくはつ》が響いた。

「……忙しそうですし、もう少しあとで行きましょうか」

息をついて、店内の椅子《いす》に腰かけた。爆発音などこの店では日常茶飯事だし、無視するに限る。何事かと部屋に踏み込んで、一度酷い目に遭ったのもあるが。

屋根の上からばたばたと羽ばたく音が聞こえてきた。

客が現れる気配はない。彼女がここに来てから一人も見ていなかった。わかっている客だけ来ると言っていたが、本当だろうか、と疑いたくなる。

ふと顔を上げると、店の中央でオットーがこちらを見据えていた。

「ユーイ・ライカ」

「はい、こんにちは。オットー」

「質問は？」

「え？　あ、はい。そうですね……」顎《あご》に手を当てて考える。

付き合ううちに気づいたのは、オットーは要点だけ抜き出して会話している、ということだ。この場合、ここ数日ユーイがいくつか質問したことを指して、「今日もなにか訊きたいことがあるのか」と言っているのだろう。

「ああ、そうでした」ユーイは胸の前で手を合わせた。「以前、イクスは魔法が使えない、と自分で言っていたのですが、あれは本当なのですか？」

「本当」

「いえ、でも……。魔法が使えない人の話など、聞いたことがありません。どんな人間にも魔力があり――もちろん量の多寡や質の良し悪《あ》しはありますが――杖さえ持てば、魔法を使えるはずです」

「破脳病《ソニム》の症状に例がある」

「え？」

オットーは滑らかな口調で語った。

「妊婦が破脳病《ソニム》に感染するとその多くは死亡する。生存しても死産。しかしごくまれに嬰児《えいじ》が生きていることがある。生存した子供は魔力を持たず魔法の行使もできない。国内に一件のみ記録がある」

「その一件が――イクスであると？」

「違う。それは貴族の子供で後に死亡している。イクスの親は不明。よって破脳病《ソニム》に罹患《りかん》していたかは不定」

病で恐慌状態のさなか、ましてや魔法を使う機会のない庶民の生き死になど、記録されるはずもないか、と納得する。

「そうですか……。ありがとう、オットー」

ユーイが頷《うなず》くと、オットーは口を閉じて仕事に戻った。積み上がった魔獣の死骸から一匹取り出して、中庭へ出ていく。皮を剝《は》いで加工するのだろう。

イクスが魔法を使えない、というのは本当のことだったのか。ユーイはため息をつく。

たしかに彼は自分で試験魔法を使わなかったし、モルナが行使した魔法も感じていない様子だった。そんな人間がいるはずはない、と、そう思っていたのだが……。

それで魔法杖職人をやっていけるのだろうか、と他人事ながら不安になるユーイだった。

作った杖を自分で調整できないのだ。舌のない料理人のようなものである。

そのとき、ひときわ大きな爆発音が響いた。

「わぁっ」

身を竦《すく》ませて、ユーイは周囲を見廻した。

衝撃で建物がびりびり震動し、天井《てんじょう》から埃《ほこり》が落ちてくる。丸太もいくつか倒れたようだ。魔法杖だけは固定されており、軽く揺れただけで済んだ。

しばらくその反動のように部屋が静まり返る。

かと思うと、扉が開く音がし、奥からイクスが顔を出した。苦虫を噛《か》み潰《つぶ》したような表情を浮かべている。この三日間碌《ろく》に休んでいないのだろう、眼の下はどす黒く染まり、着ている服は薄汚れていた。

店の床に腰を下ろし、彼は乾いた咳《せき》をした。

「だ、大丈夫ですか?」ユーイは思わず言う。

「ん?　……ユーイか」

しょぼくれた目を擦《こす》って、ようやくイクスはこちらに気づいたようだ。

「頼まれたもの、買ってきましたよ」

「頼まれたもの?」

「あの、骨……」籠を持ち上げて見せる。

「ああ、それか……」

寝不足のせいだろうか、妙にぼんやりした返答だ。

「使うのですよね?」

「いや、不要になった。駄目だったからな」

「はい？　何がですか？」

「打つ手なしってことだ」イクスはあっさり言い放った。「さっきの実験が首尾よくいけばそれを使ったんだが、上手《うま》くいかなかった。だからもう要らない」

「それは、つまり――」

「お手上げだ。あの芯材は修復できない。残念ながら」

あまりに淡々とした物言いで、ユーイは理解に多少の時間を要した。

（つまり――修理は不可能ということ？）

ぱくぱく口を動かす彼女を見て、イクスは補足した。

「まあ成果がなかったわけじゃない。赤聖塊《シンイ・アレッツ》を核に、アグナス石をはじめとした芯材を合成することで、限りなく性質を近づけることはできた。杖作りの技術としては面白《おもしろ》い方向性だろう、代替できない素材なんて普通使わないからな。『混成芯材』とでも名付けるか。本にすれば、杖職人には広まると思う。義姉さんはそんなことしないだろうが……」

「それはどうでもいいですから」

「そうか？　けっこう凄《すご》い発想だと思うんだが」

こほん、とユーイは咳払《せきばら》いする。彼らにとっては杖がすべてなのだ。いちいち付き合ってはいられない。

「性質を近づけて――それでは駄目なのですか？」

「ああ、圧倒的に出力が足りない。さすがは竜の心臓だ。他の芯材なんかとは、文字通り格が違う」

「完全な再現はできない、と」

「それに、問題はもう一つある」

「はあ、何ですか？」

「史上初の技術だから、成功する保証がない」

「……あの。軽く仰《おっしゃ》いましたけど、失敗して杖が壊れたら、あなたは死んで詫《わ》びるのですよね？」

「理論上は上手《うま》くいくはずだ」

「……そうですか」

「俺《おれ》の力が及《およ》ばず、すまない」

イクスは力なく言うと、大欠伸《あくび》した。伝説の竜の素材だ、最初から難しいことはわかっていたが、しかし怒るべきか慰めるべきか悩む態度である。

「で、どうしたい？」イクスがきいた。

「どうできるのです？」

「性質だけの再現にはなるが、混成芯材と交換する。竜の心臓は売り払う。国の宝物庫にでも入ってるような代物だから、一財産にはなるだろ。失敗したら――そうだな、同じものは無理だが、ユーイのために可能なかぎり最高の杖を作って俺は死ぬ」

「……死にたいのですか、あなたは？」

「そんなわけないだろう」イクスは真顔で首を振った。「俺は死ぬために杖を作ってるわけじゃない」

（死ぬために――）

その顔が一瞬誰かと被り、ユーイは黙りこんだ。

「…………」

「どうした？」

「い、いえ」急いで表情を取り繕う。「とにかく、失敗されては困ります。私は何としてもこの杖が必要で――」

「まあ待て」

両手を広げて、イクスは意味ありげに言葉を止めた。

彼はまた欠伸をした。頰《ほお》がこけ、やつれた風貌《ふうぼう》になっていることにユーイは気づいた。竜の心臓を見てあれだけ興奮していたのだ。まともな食事も摂っていないのだろう。

「もう一つ、方法がないこともない」

イクスは人差し指を立てた。

「はあ……、それは？」

「竜の心臓を見つけることだ」

「……竜はもういません」

「生きてる竜に会う必要なんてない。心臓だけでいいんだ。いや、それも違うな。これと同じ素材を見つければ、それでいい」

「同じ素材――？　奇妙な言い方をしますね」

「より正確に言い直しただけだ。『竜の心臓』と呼んではいるが、真実そうかなんてわからないだろう？」

「えっと、ムンジルさんがそう仰《おっしゃ》ったのでは？」

「師匠に教えられたのは、竜の心臓って単語とその特徴、判別するための特性、それだけだ。それが本物の竜である保証はない。『若いころ王城で竜の骨を調べたことがある。あれだけ似てるんだ。あの芯材は竜の心臓だ』と師匠は言ってたが……、どこまで本当かは疑わしい。俺たちが『竜の心臓』って言ってるのは、それ以外の呼び名を知らないからで、たんに希少で高性能な宝石の可能性だってある。実際、この素材はある点では鉱石的だ」

「それで、あなた自身はどうお考えなのですか？」

「さあな」イクスは肩を竦めた。「ま、竜と何らかの関《かか》わりがある……、くらいのことはあるだろうが」

「え？」その返答が意外で、ユーイは軽く瞬いた。「それはまた、どういった根拠で」

「師匠の言うことなんて当てにならないが、まあ、意味もなく虚言を弄《ろう》する人間でもないからな。心臓とまではいかずとも」

悪く言うわりに信頼しているのだな、と思ったが、口にはしなかった。

「しかし、何らかの関わりといったところで、竜が絶滅しているからにはどうしようもない気がします」

「だが、絶対に不可能とも言い切れない。俺はそう考えている」イクスは壁に手を付いて立ち上がった。「そもそもこんな素材があるってことを、何人の人間が知ってると思う？」

「竜の伝説は誰もが知っているでしょう」

「そのとおり。どんな国の伝説にも必ず竜が現れる。だがその実在を信じているかといえば、答は否《いな》だ。伝説はあくまで伝説。竜はいたのかもしれない、と思う人間はいても、竜がいたと確信してる奴《やつ》なんてまずいない。当然だ、千年まえのことなんて誰も保証してくれないんだから。だが俺たちは違う」

「ここに実物があるから……」

「そうだ。まあ俺たちにもこれが本物の心臓かなんてわからないが、ともかくだ。この素材を本気で探してる人間は、おそらく世界で誰もいない。だから希望はある。『それがある』ことがわかれば、半分は終わってるようなもんだ」

「しかし、仮に見つけたとして――それを買うのか譲ってもらうのかわかりませんが――そう易々《やすやす》と手に入るものでしょうか」

「まあ、そうだな。俺も義姉さんもそんな金はない。ユーイも――」

「ありません」と肩を竦める。

「見つかっても手に入るかはわからない。どれくらい時間がかかるか、それもわからない。今のところ手掛かりの一つさえない。数十年単位を費やして、結局駄目だった、という結論になる可能性もある」

「ずいぶん心許《こころもと》ないですね」

「で、どうする？」

イクスは手の平を擦り合わせて、こちらを見据えた。選択肢は提示した、あとは客が自由にどうぞ、ということらしい。

数秒ほどユーイは考えたけれど、大して悩むような問題ではなかった。

「……期限を設けましょう」彼女は言った。

「なるほど？」

「私にはさほど時間がありません。いつまでも自分の杖がないのは困ります。よって、最初は竜の素材を探しますが、期限になったら諦《あきら》めて妥協します。混成芯材を使いましょう。それも一般的な杖の性能はあるのですよね？」

「ああ。だが貴重な杖だ。なんだったら、しばらく代わりの杖を用立ててもいい。それでじっくり探すこともできる。この杖は強力だが、これが必要になるほどの状況なんて早々ないだろうし……」

「いえ、この杖が必要なのです」

「そんな切迫した事情があるのか？　戦争でもやるなら知らないが」

「さ、さすがにそんな派手なことしません。えっと……そうです、私にとってこれは、父が遺してくれた唯一の形見。それを置物のように扱って、別の杖を使うというのは、なんだか父に申し訳なく思いますので」

「……そうか、わかった」

イクスは表情を変えず、軽く頷いた。

くるりと踵《きびす》を返し、彼はまた奥の部屋へ歩いていく。ユーイも一緒に向かった。彼女は上目遣《うわめづか》いに訊《たず》ねた。

「本当は竜の素材を見つけたかったのでしょう？」

「客の要望が優先、それが職人の鉄則だ」

残念な想《おも》いはあるのだろうが、イクスはきっぱりと答えた。どうやら本気で言っているようだ。そうですか、とユーイは口を尖《とが》らせる。

中庭にはオットーの影が見えた。小さい手で鉈《なた》を振るっている。周囲の地面に切り分けられた部位が並んでいた。解体は順調に進んでいるようだ。

奥の扉は開きっぱなしになっていた。

一歩踏み入れ、ユーイは思い切り顔を顰《しか》めてみせた。

「どうなっているのですか……」

モルナの部屋はさらに酷《ひど》い様相だった。

もちろん以前も散らかっていたけれど、あれはある程度統制のとれた散らかり方だった。少なくとも魔獣は魔獣、道具は道具で纏《まと》まっていた。

だが今のこれは、もはや何と形容していいかわからない。秩序という言葉から最も遠い空間といえる。

注意する気力も涌《わ》かず、ユーイは静かに諦める道を選んだ。

彼女が諦念へ沈んでいる間に、イクスが今後の方針についてモルナと相談を進めていた。

「……だから、とにかく情報が欲しい。伝手《つて》とかないかな、義姉さん？」

「うーん」病的に肌を白くしたモルナが、ぽんと手を打った。「あ、そうだ。い、い、いっくん。図書館に行ったら、ど、どうかな」

「図書館？　って、本がいっぱいある、あれか？」イクスは首を傾げる。

「う、うん、そんなやつ」

「なるほど……。竜について書いた本が見つかるかもしれないか」

「そ、そう！」

「それは……」

盛り上がる二人を前にして、ユーイは一人首を捻《ひね》った。

どうやら、彼らは図書館のことをよく知らないらしい。

王国では図書館が流行しているらしく、最近では地方の有力都市が次々建築しているという話を、ユーイは聞いたことがあった。図書館がある、というだけで格になるそうだ。

しかしどんな立派な図書館を造ったところで、収める本など大してないのが実情だった。巨大な書庫は隙間《すきま》だらけで、怪しげな呪術書や紙きれを押しこんで多く見せているのだ、と悪い噂《うわさ》も流れていた。まともな蔵書はせいぜいマレー教の聖典くらいらしい。

マレー教は西方で広く信仰される宗教で、現在の王国では、国王が教皇を兼ねる国家宗教でもある。百年ほどまえに国教会を設立し、土着の信仰などを一掃したのだが、その際ばらまかれた聖典が図書館に流れ着いているという。ところが、それで熱心な教徒が増えるかと思いきや、国教会は聖典に準じていないとして反発する新派が勢力を伸ばし、王国を騒がせているという。

ともかく良い噂は聞かず、大して期待できないユーイだった。

「あっ、あっ、でも……」ふいにモルナが指を噛《か》んだ。「図書館って、決まった人しか入れないんじゃなかったかな……」

「利用証が要りますね」

ユーイが口を挟むと、二人の視線がこちらを向いた。「あ……」と彼女は目を逸《そ》らす。

「詳しいのか？」イクスが訊ねた。

「利用証は図書館長に申請すれば、審査のうえで発行されます。館長を務めているのはたいてい隠居した貴族ですから、まあ、市民に開かれているとは言い難《がた》いかと」

イクスとモルナは顔を見あわせた。

気まずい沈黙が降りる。

「……別の手段を考えよう」とイクスがため息をついた。

「そ、そ、そうだね」モルナは手を合わせて頷く。「あ……お、お義姉ちゃんにきくのは、どうかな。お、お手紙で」

「……長姉《あの人》に？　本気で言ってるのか？」

「うぅ……。あ、そうだ、お、お客さんで、そういうの詳しい人が注文してて……」

「ふぅん、いつ来るんだ？」

「た、たぶん、もうすぐ、きっと」

イクスは無言で首を振ると、こちらを見た。

「そうだ、ユーイに訊いてないことがあった」

「何でしょう」

「期限を設けると言っていたが、具体的にはいつまでなんだ？　それによって探し方も変わってくる」

「夏季が終わるまででお願いします」

「今年の？」

「そうです」

「短いな……」イクスは眉《まゆ》を顰《ひそ》めた。「そうなると決め打ちで探すしかない。博打《ばくち》だ。そこまで急ぐ理由があるのか？」

「ええ……」彼がさらに訊ねようとしているのを見て、ユーイは話を変えた。「あの――、先ほどの図書館ですが、私が一緒に行きましょうか？」

「利用証を持ってるのか？」

「利用証がなくとも、公立図書館を利用できる制度があるのです。ある条件を充《み》たせば、ですが」

「条件って？」

「王立学院の生徒であることです」

「え？」

イクスは初めて見る表情を浮かべた。きょとんとした顔、というのか。故郷に棲《す》んでいるとぼけた顔の鳥をユーイは連想した。

「ということは」イクスは片手を開き、こちらに目配せする。「生徒？」

「生徒です」ユーイは笑いを堪《こら》えて頷いた。

「夏季が終わるまでに、というのは……」

「学院の休暇中にどうにかお願いします、イクス。杖がないと、魔法学の講義を受けられないのです」

「休暇？」イクスは視線を斜め上に向け、しばらく黙ったあと、小さく口を開いた。「なあ、やっぱり代わりの杖を渡すんじゃ駄目か？」

「あの、職人の鉄則は？」

2

黄ばんだ紙を黒い文字が埋め尽くし、そんなものが何頁も続いていく——率直《そっちょく》に言って気味の悪い光景だった。本とはまったく奇妙な代物で、それが集まっている図書館はさらに得体の知れない空間である。なぜ権力者たちはこんな施設を有難《ありがた》がるのだろう。まったく意味がわからない。あるいは、意味がわからないからこそ有難いのだろうか……。

頁を捲《めく》り、イクスはため息をついた。歴史書を期待したが、歴代の王の功績が羅列されているだけで、竜に関する記述はなかった。

文字の読み方は師匠が教えてくれた。「いちおう教えといてやる」と言って、イクスが完璧《かんぺき》に憶えるまで納屋に監禁したのである。彼はそれ以外の教育法を知らなかったらしい。事あるごとに閉じ込められ、泣きじゃくりながら勉強したものだった。

「持って来ました……よっと」

小さい躰が見えなくなるほどに本を抱えて、ユーイが戻ってきた。どさり、と既にある山の横に置く。

イクスを囲む本の山は、どれも彼の腰ほどまで積まれていた。読み終えた本を閉じて、べつの山に載せる。

「読み終わった分だ。戻してくれ」

「……わかりました」

がくっと肩を落とし、彼女はそちらの山を抱え上げた。

頼りない背中が遠ざかっていくのを見送った。

新たな一冊を手に取り、頁についた紙魚《シミ》を払い除ける。これもあまり期待できなさそうだ、とイクスは思った。

ユーイの立場を利用することで図書館には入れたものの、これといった成果は上がっていない。まず、最近発行された本にはいっさい竜の記述がない。そこで昔書かれたお伽噺《とぎばなし》や伝説の類《たぐい》に目を付けたが、そういった本には竜は登場しても、イクスが欲しい情報――具体的な地名、人名、年代など――が書かれていないのだ。

当たり前といえば当たり前だった。竜はとうに絶滅した伝説の魔獣。そんな詳細な情報が残っているはずはない。お伽噺に情報を求めるほうがどうかしている。

「……お?」

ふと「竜」の文字が目に飛び込んでくる。

しかしその前後を読んで、イクスは失望した。

「想像の及ぶすべてを魔法で実現できるか」……この命題は、以上の議論をもって否定《ひてい》された。生物の魔力量はその体躯《たいく》に制限を受け、エルフ等特殊な体内構造を持っていても、その許容量は必ず一定の値をとり、無限ではあり得ないからだ。この結論が出て以降、魔法研究は大きく二つの分野に分れることになる。すなわち、人間の魔力量を制約とした一般魔法学と、魔力量を無限とする前提を置いた——いわゆる〈竜の魔法〉である——特殊魔法学に。

それは魔法の入門書で、なにかの説明に竜を持ち出しているだけだった。

「なんだよ」

シガン・アイマという著者名を指で弾《はじ》く。

図書館といっても無尽蔵に本があるわけではなく、既に竜とはあまり関係がなさそうな書籍にも手を出していた。

図書館に通い始めてから、既にけっこうな期間が経過していた。無謀とわかった調査とはいえ、焦《あせ》りも出てくる。

「今日も空振りでしたかね」

「は？」

顔を上げると、爛々《らんらん》と光る瞳《ひとみ》がイクスの姿を映していた。

老婆――に見える。

見えるが、どうも確信を持てない。ずいぶんしわがれた声だったし、小さな体軀も、長い白髪も、老いた者のそれだろう。背筋だって曲がっている。しかしこちらを見据える瞳――金色の双眸《そうぼう》は生き生きとして、まるで五歳児のような稚気を放っている。

「ここのところ、毎日いらっしゃって。一心不乱になにか探してらっしゃいますね。ええ、ここまで熱心に読まれる方は、滅多《めった》におられませんね」こちらがあっけに取られているうちに、彼女は歯切れよく言葉を続けた。「しかし、もっと丁寧に読んでいただきたいものですね。あんな雑に、流し読みをされましてはね。本に申し訳なく思います」

誰なのか、と訊ねる隙《すき》を窺《うかが》っていると、彼女の目がまた光った。

「ああ、私はですね、ここの館長を務めております。しかし図書館とはね、凄《すご》い施設ではありませんか？」

「……そうだな」

イクスはしげしげと彼女を見つめた。

いつも図書館の入口にいたのは中年の男で、彼が館長なのだと思っていた。この街では隠居した貴族ではなく、家督争いに負けた貴族が館長をやっているのだろう、と。

しかし目の前の老婆はどうだろう。衣服を見るに貴族は貴族なのだろうが、とても隠居した風には見えない。むしろ家長を尻《しり》に敷き、一族の実権を握る女傑といった風格があった。

「こんなにも膨大な情報が、頭以外の場所にあるなど、昔は到底想像できませんでしたね。とはいえまあ――」流れるような口調で彼女は言った。「あなたは本が嫌いなのですね」

その言葉に詰問の色はなかった。ただ淡々と事実を述べる口ぶりで、実際そのとおりだった。

イクスは黙りこむ。

「ま、あなたが本を好きだろうと嫌いだろうと知りませんね。ただ、だからこそ拙《つたな》い。何を調べているのか、なぜ調べているのか、そんなことは興味ありませんがね、あなた方が探しているのは、本ではなく情報。だから見つかりませんね」

「意味がわからないが……」

「ええ、あなた方には無理でしょうね。違うものを探すか、違う探し方のできる人を連れてくるほうが早いかと存じます」

一方的な話を終えると、彼女はせかせかした早歩きで、書棚の向こうへ消えていった。

面倒な相手だった、とため息をついていると、反対側の棚からユーイが歩いてきた。腕に新たな本を抱えている。

「あの、何だったのですか？　あの方……」

「館長らしい」

「館長さん？　え、本当ですか？」

「本人によればな」イクスは眉を顰めた。「それよりもユーイ、隠れてたな？」

「と、当然の対処でしょう。館長さんとは知りませんでしたし……。イクスこそ、私に本を運ばせて、竜に関する情報は見つかったのです？」

「いいや」

「ほら、そっちだって駄目じゃないですか」

「情報を探してるから駄目なんだそうだ」

「……どういう意味ですか？」ユーイは首を傾げた。

　結局今日も成果はなく、イクスとユーイは帰途に就いた。イクスは慣れない読書で、ユーイは本を運ぶ作業で、どちらも疲れた表情を浮かべている。時刻はまだ昼過ぎだ。いつもなら夕方まで粘るのだが、今日は店の整理を手伝うため、早くに出たのである。

　宿に逗留《とうりゅう》するような金はなく、二人ともモルナの店に身を寄せていた。寝床はないので、モルナと共にガラクタの上で眠る日々だ。ユーイの努力によって以前よりだいぶ清潔になりつつはあったが。

帰る途中、ふいにイクスが立ち止まった。

「どうしたのです？」行き過ぎたユーイが振り返る。

「寄り道する用事があったのを思い出した」

「しかしお店の手伝いは……」

「いや、そんなにはかからない。ちょっと確認に行くだけだから」

「そうですか？　では、私はおさきに帰っていますね」

「気をつけろよ」

「ええ、イクスも」

下町へ歩いていくユーイを見送って、イクスは踵を返した。

再び図書館のある、街の高級な一帯へと戻る。昼間ということもあって、道は通行人で賑《にぎ》わっていたが、徐々に人影は疎《まば》らになり、その代わり見るからに高級そうな衣服を纏《まと》った人々が往き来するようになった。高級そうとはつまり、無駄な装飾が多い、という意味である。閑散とした山村で育ったイクスには見慣れない光景だった。注文によって杖を粧《よそお》うことはあったが、あそこまで機能性を無視した品は作ったことがない。杖と服飾は違うとはいえ、たいへん興味深く、ついしげしげと眺めてしまう。

まず彼が向かったのは魔法杖組合だった。

魔法杖組合は、杖職人を始めとした、魔法杖の商売に関わる一切《いっさい》を取りまとめる組織である。

原材料となる木材や芯材の仕入れ、魔法杖店の営業などは、彼らの許可を得なければいけない。単独の製品でここまで大規模な組合が運営されるのは稀《まれ》だという。それだけ杖は市場規模の大きい高級品ということだろう。現在最大の組合は冒険者組合だそうだが……。

イクスの用事は、以前モルナに語ったとおり職人登録である。組合に言わせれば「低品質の魔法杖を取り締まるために」、彼らが認めなければ、魔法杖の製造・販売をすることはできない。竜の心臓に熱中しすぎて忘れていたが、今後杖で生計を立てていくためにも、ユーイの依頼のためにも、早く職人になっておかなければいけない。これまではムンジルの店の見習いとしての登録だった。

しかしイクスの申請はあっさり弾かれた。

彼は知らなかったことだが、職人として認められるためには、自前の店舗を構えている必要があったのだ。つい最近新たに設けられた基準らしく、原則一店舗に職人は一人で、多くの職人を抱える大店《おおだな》は都度許可が必要になるそうだ。大した技量もない「職人」を大量に雇い、粗製乱造を行う店を規制するためだという。

職員から丁寧な説明を受け、イクスは意気消沈して組合を出た。

「店舗か……」

店を持てるほどの金は、彼にはない。師匠の遺産として受け取ったのは数ヶ月分の生活費くらいだ。しかし金を貯《た》めようにも、杖を作る以外、自分にできることなど思い浮かばない。

どこかの魔法杖店で見習いとして働くか、あるいは大店に勤めて職人登録させてもらうか、とため息をつく。師匠が言ったとおりだ。職人にもなれないとは、まさに半人前といえよう。自立はまださきの話になりそうだった。

肩を落として向かった先は、街の中央からやや外れた界隈、中産階級向けの商店が立ち並ぶ辺りだ。良くいえば活気のある、悪くいえば猥雑《わいざつ》な雰囲気である。

詳しい場所を知らないので不安だったが、太い路《みち》を歩いているとすぐに見つかった。武器屋の多い方向、武具を携えた人間の多い方向へ歩いていけば、自然と辿《たど》りつける。

冒険者組合を訪れるのは初めてだ。

相当に大きな建物だったが、それでも中は冒険者でごった返していた。どこを見ても皮鎧《よろい》、鉄鎧、剣、槍、弓、そして稀《まれ》に魔法杖と、物騒なことこの上ない。

彼らにぶつからないよう気をつけて――イクスなどぺしゃんこに潰されてしまう――奥へ進む。大きな木の板に、数枚の紙が貼《は》り付けられていた。紙には魔獣の簡単な絵、下に金額と地名が記されている。

（これが依頼書か）

わいわい騒ぐ冒険者から距離をとって、背後から依頼書を眺めてみる。どれも最近の依頼ばかりだった。

仕方がない、と視線を動かす。奥の壁際に受付があった。職員の女性と男性が、それぞれ冒険者の応対をしている。それぞれの前に長い列が延びていた。

少し観察していたが、時間帯もあってか、多くの冒険者は依頼達成の報告に来ているようだった。受付によって業務が違う、ということもないらしい。

これは案外時間がかかるかもな、と思いつつ、適当な列の最後尾に並んだ。すぐさま後ろに別の冒険者が続く。普通の服で、体格も並のイクスはずいぶん浮いていた。

列は長かったが、一件一件は短く済むらしく、意外と流れは早かった。

そしてあと数人でイクスの番になる、というとき。

「どういうことだよ、それは」

「いえ、ですが――」

受付の方《ほう》から、何やら言い争う声が聞こえてきた。

にわかに室内は静まり返った。冒険者たちは一様にそちらを見つめる。

イクスが並んだ列の先で、二人組の男の冒険者が腕組みし、受付の女性に唾《つば》を飛ばしていた。どちらもがっしりした体格で、腰に分厚い剣を佩《は》いている。

「どこに文句があるっていうんだよ」片方の男が凄む。

「正真正銘、依頼通りの品だろうが、え？」もう片方の男も机を叩いた。

対する女性は、眉をぴくりとも動かさず、冷たい瞳で彼らを見据えた。見たところ若そうなのに、ずいぶん肝《きも》が据わっている。彼女は平坦《へいたん》な口調で言った。

「しかし、エネドに群れを作る性質はありません。一度にこれだけの牙《きば》を採取できた、というのには疑問が残ります」

「ならこの牙をどう説明するんだよ？　疑問が残ろうが残るまいが、牙があることは変わらないだろうが？」

「ですから少々お待ちください、と申し上げています。現在対応を検討《けんとう》中ですので」

「こっちだってこれから予定があるんだよ。その分をどう補償してくれるんだ？」

「待つ必要はない、とも言いました。確認証をお渡ししますから、後日お越しいただければ構いません」

「俺は構うんだよ。その日暮らしが冒険者の華だってのに」

「あなたの生き方を組合は関知しません」

「あぁ？」

冒険者と彼女が火花を飛ばす下、受付の机に古びた袋が載っている。一抱えほどもある大きさだった。口が少し開いて、白いものが飛び出ていた。

彼らの会話を聞くに、あれがエネドの牙だろう。イクスは首を傾げて観察した。

エネドというのは、大型の肉食魔獣である。体表が赤く、性格はやや荒っぽい。特徴は大きく曲がった牙であり、装飾等に好んで使われる。

しかし、あれは――。

まあいいか、とイクスは肩を竦める。

言い争いは延々と平行線をたどっており、解決の兆しは見えなかった。「いい加減にしろ」と周囲の冒険者も騒ぎ始める。組合は殺気立った空気に包まれた。

何だか面倒くさいし今日は諦めて帰ろうか、とイクスが思っていると、後ろに並んでいる冒険者がだしぬけに話しかけてきた。

3

「どう思います?」

「は?」

怪訝《けげん》な表情でイクスは相手を見返す。穏やかな笑みを浮かべた男だった。

若い――それが第一印象だ。

顔つきには幼さが残り、身長もイクスより低い。よく見ると筋肉質だがまだ成長途中といった具合で、成年には達していなさそうだった。しかし腰に提《さ》げた剣は上等な鞘《さや》に収まっている。

「あ、すみません。いきなり話しかけて」と頭を下げて、彼はくり返した。「でもあれって、どう思います?」

「どう思う、とは?」イクスは訊き返す。

「お兄さん、冒険者じゃないでしょう？」彼はこちらの躰を見下ろす。「普通の服だし、武器も持ってないし、体格も筋骨隆々って感じじゃない。依頼に来られたんですか？」

「まあ、そんなところだ」

「やっぱり。僕はトマといいます。友人と組んでるんですが、今日は僕が受付に並ぶ番で。そしたら騒ぎが起こるんですから、ついてないですよね。あ、彼らが友人で」

そう言って指差した先、壁際で女性のエルフと男性のヴコドラクが話していた。どちらもトマと同じくらい若い。周囲に睨《ね》めつけるような視線を送っており、他の冒険者たちはやや距離を置いている。

珍しい組み合わせだな、とイクスは片眉を上げた。長耳が特徴のエルフ、狼《おおかみ》が直立したような見た目のヴコドラク、どちらも王国が過去侵略した部族――ルクッタよりずっと昔の話だが――である。王国と融和してそれなりに経つが、まだ存在は珍しく、無遠慮な視線を集めるし、彼らを見下したり、酷い扱いをする者もいる。

だが多少興味を惹《ひ》かれたからといって、積極的に訊ねるような性格をイクスはしていない。

その沈黙をどう受け取ったか、トマは「えっと……」と口ごもった。

「あ、良ければ僕に依頼しません？」彼は冗談めかして言った。

「何を言っている？」

「組合の仲介料ってけっこう高いですよ？　仲介料は依頼者さん持ちで、四割増しだったかな、まあ便利だから使わざるをえないんですけど。でも、冒険者と直接取引できるなら、それに越したことはない。そうでしょう?」

「…………」

黙りこんだイクスを前にし、トマは両手を上に向けた。

「あ、いや、すみません。もちろん本気じゃないですよ」

「暇つぶしなら余所《よそ》でやってくれるか」

「いえ、いえ。そうではなく……」トマは真面目《まじめ》な顔になると、受付の方を顎で指した。「あれ、どう思います? あんな風に、一度に何頭もエネドを狩れるでしょうか?」

「なぜそれを俺に訊くんだ」

「案外そういう情報って、普通の人のほうが知ってることあるんですよ。魔獣のすぐ傍《そば》で毎日生活してるわけですからね」

「そんなこと、知ってどうする?」

「だってもしエネドの群れがあるなら、すっごい儲《もう》かるじゃないですか」トマは純粋な瞳で言った。

「金が欲しいのか」

「ええ、まあ……。ちょっと友人が、あれこれと入用になりまして……。それで、どうでしょう。なにかご存じないですか?」

「ない」イクスは即答した。

「そうですか……、なんだか意味ありげな反応してたように見えたんですけど。例えばですが、あの冒険者と知り合い、というのも？」

いい加減面倒くさくなってきて、イクスはため息をつく。

「違うんだよ」

「すみません、早とちりで……」トマは肩を落とした。

「そういう意味じゃない」イクスはそこで声を潜めた。「あれは採取してきた牙ではない、と言ったんだ」

「え？」トマの表情が固まった。「どういうことです、それ」

「どう見ても断面がおかしい。エネドの牙は硬い、普通は金槌《かなづち》で割って採る。よほど鋭い刃物を使えば別だが、それでも断面には凹凸《おうとつ》が残る。あれは縦に割れる性質があるからな」

エネドの牙は、芯材として使われることはない。ただ杖の装飾に使うことはあり、イクスはそれを思い出していた。加工が難しい素材なのだ。

「だが、あそこに転がってる牙の断面――あまりに滑らかすぎる」

「でも、お店で売ってるのはあんな感じですよ？」

「見栄えを良くするために磨いてそうすることもあるが、それは売り物の話だ。あの受付が違和感を覚えたのはそこだろう」イクスは軽く首を振った。

「じゃあ、あの牙は何なんですか？」

「さあな。どこかで売り物を手に入れたんだろ。買ったのか盗んだのか知らないが、まあ、俺には関係ない。面倒ごとに巻き込まれたくないし……」

ふと辺りが静かになったのを感じ、イクスは顔を上げる。

周囲の冒険者たちが、黙ってこちらを見つめていた。微妙な表情を浮かべ、互いに顔を見あわせている。

気づくと、イクスとトマは組合中の視線を集めていた。

もちろん受付の彼女や、二人組の冒険者も注目している。

「……と、いうのは冗談だ」

イクスは口を閉じて視線を逸《そ》らしたが、さすがに誰も誤魔化《ごまか》されなかった。

「あの、すみません」すかさず受付嬢が言う。「今のお話ですが、もう少し詳しく――」

「で、デタラメ抜かしてんじゃねえぞお前！」

彼女の声をかき消すように二人組の冒険者が怒鳴った。彼らは肩をいからせ、こちらに歩み寄ってくる。

しかしそのとき、イクスの前に立ちはだかる人影があった。

「文句があるならそこから言えよ！　一般人に手を出す気か⁉」

トマが、彼らに向かって咆《ほ》えたのだ。多少ぎこちなくはあったが、思わず身が竦《すく》んでしまうような大声だった。二人組は怯《ひる》んだ様子を見せた。

するとかれ彼に同調するように、他の冒険者たちも声を上げ始めた。「文句は組合に言えよ」「図星突かれたからって見苦しいぞ」『俺に寄越せ」——などなど。

多勢に無勢《ぶぜい》を悟ったのか、二人組はじりじり後退すると、

「うるせえな！　わかったよ、今日のところは出直してやる！」

と、牙の入った袋を引《ひ》っ摑《つか》み、組合を出ていった。

その後イクスは、他の冒険者を飛ばして、組合の奥の部屋に通された。特に文句の声は出ず、彼は胸を撫《な》でおろした。

あまり大きな部屋ではない。代わりに、上等の椅子が置いてあった。腰を下ろすと、躰がゆっくり沈んでいく。慣れない感覚で、逆に疲れそうだ、とイクスは思った。

「どうもありがとうございました」

先ほどの受付の女性が対面に座り、頭を下げた。名はミーシャというらしい。

「いや、調べればわかったことだろう。それにトマがいなければ危なかった」

「どなたですか？」

「あのとき俺を守ってくれた冒険者だ」

「ああ、はい。あとでその方にも謝辞を伝えておきます」彼女は腿《もも》の上で手を組んだ。「使節団のこともあり、こちらも人手不足でして……。本来はより詳しい者が受付業務を担当してい

るのですが」

「使節団？」そういえば門の番兵も、ユーイを見て使節団の早駆けがどうとか言っていたな、とイクスは思った。「それがどうかしたのか」

「ええ、東方の民からの遣いです。ご存じないですか？　先日、王都へ向かう使節がこの街を通過しまして。けっこうな騒ぎだったと思いますが」

「いや……、来たばかりだからな」

「現実はどうあれ建前《たてまえ》上は友好国ですから、組合も護衛に協力せよ――とのことで、付近の魔獣についての情報提供などをしておりまして、少々ばたついてるんです。また帰りにもここを通過するようですし……」

そうなのか、とイクスは頷いた。使節団とは名ばかりの、従属国を見世物にする催しだろうとは容易に想像がついた。ユーイの怯《おび》えも推して知るべしだろう。

「それで、本日はご依頼でいらっしゃったのですか？　迷惑料と謝礼をかねて、便宜《べんぎ》を図らせていただきます」

「依頼じゃない。見せてもらいたいものがある」

「伺《うかが》います」

「塩漬けになっている依頼を確認したい」

「……どういうことでしょう」ミーシャは小首を傾げた。

「表に出てる依頼書は、最近のものばかりだろう？」

「ええ、依頼書を貼り出すのは最長一年、と決まっています。確かに、その後も依頼書は倉庫に保管されますが……」

「それを見せてくれないか？　倉庫に通してくれるだけでいい。手間賃も払おう」

「おそらく問題ないとは思いますが、なぜですか？」

「なぜ――？」

「はい。そんなものを見たがる方など、今までいらっしゃいませんでしたから」

「…………」

「ああいえ、すみません。単なる私の興味です。少々、上に確認をしてきても？」

「……ああ」

　ミーシャは部屋を出ていった。

（なぜ――か）

　イクスが黙り込んだのは、説明に困ったからではない。

　彼女の問に答えるのは簡単で、竜の素材を求める依頼が過去にあったのではないか、と考えついたからだ。もちろん達成されたとは思えないから、塩漬け依頼として片付けられただろう。しかし依頼者が本気で依頼していたなら、竜について詳細に調べたはずである。となると、依頼書になにか説明を付したかもしれない。地名とか、見た目とか、そういうことについて。それを見れば何らかの手掛かりになり得る。

彼が答えられなかったのは、その問がべつの意味に聞こえたからだ。

それは、なぜ――こんなことまでしているのか、ということ。

杖職人の仕事は、杖を作ることや直すことであって、素材を探すことではない。それは冒険者や商人の仕事だ。今の自分のようなことをしている職人は他にいないだろう。

いや、そもそも自分は杖職人ですらないのだった。ただの半人前に過ぎない。

だからこそか、とイクスは自嘲《じちょう》気味に口もとを歪《ゆが》めた。兄姉弟子のような才能がないから、素材探しなどという、職人の仕事ではないことをやる必要があるのだ。

半人前の見習いにできることは、せいぜいその程度。

あるいは――だからこそ、自分はユーイの依頼を引き受けたのだろうか？

杖職人に、と指定された依頼を完遂すれば、自分も職人だと思えるからという、幼稚な理由で――？

少ししてミーシャが戻ってきた。

「許可が下りました。無料でご覧いただいて構わないとのことです」

「そうか。どこにある？」

「いえ、ご案内します」

ずいぶん長い寄り道になってしまった、と思いつつ、イクスは彼女に随いていった。

倉庫はまた別の建物にあるらしく、一度組合を出る必要があった。

少し歩いた場所に、石造りの建造物があった。周囲には似た建物が並んでいたが、人気はない。一箇所だけ開いており、荷物の出し入れをする最中のようだった。

大きな錠に鍵《かぎ》を差し入れ、ミーシャが扉を押し開く。

「……これは」

「ご自由にご覧ください」

(ご自由に、と言われても……)

屋内は想像通りの倉庫といった感じで、雑多ながらくたが放り込まれていた。石材や壊れた家具、錆《さ》びた武具などもある。黴臭い空気が漂っている。

壁際に木製の棚が並んでいた。天井付近まである高さで、梯子《はしご》が付いていた。中には紙束が詰まっている。予想を上回る分量だった。なにもこんな真面目に保管しなくても、とイクスは思う。

「私は組合に戻りますので、見終えたら錠をかけてください。帰るまえに、受付に一言かけていただければ構いません」

「あ、ああ」

曖昧《あいまい》な頷きを返すと、ミーシャは入口に戻っていった。倉庫内に足音がよく響いた。

彼女は外に出ると、扉から少し顔を出して言った。

「もちろん、何日でも来ていただいて構いませんので」

「そうか……」

「では失礼します」

小さく扉が開いた状態にして、彼女は去った。

しばらく茫然《ぼうぜん》としていたが、やがて気を取り直し、イクスは依頼書を調べ始めた。

大まかな年代別に、ざっと眺めていく。魔獣が危険すぎるもの、あまりに場所が遠いもの、その他単純に依頼料が低いものなど、塩漬けの理由は様々のようだ。

半ば諦めまじりに調べていたのだが、しかし、竜の素材の依頼はあっさり見つかった。

少し探っただけで「竜の骨」「竜の心臓」「竜の眼」「竜の遺骸」、果ては「竜に関する情報」を求める依頼まで次々と見つかった。もちろんここにあるということは、達成されなかった依頼ということだが、夢見がちな人間は想像以上に多いらしい。

ただ、依頼書はあったものの、手掛かりになるかといえば話は別だった。

依頼書には地名も絵もなく、ただ金額だけ記されたものが大半だったからだ。さらに最近になるほど減っている。長年経つうちに、人々が竜の存在に懐疑的になっていった、ということか。

そこで、時代をかなり遡《さかのぼ》っての依頼に限定して調べることにした。そのころは組合も今のような規模ではなく、塩漬け依頼の数もさほどではない。いっぽうで虫喰《く》いや旧《ふる》い文法など、劣化による読みにくさは増す。それくらい昔になると、黄ばんだ紙の他に、木板に文字を刻んだ依頼書も見かけるようになった。どちらにせよ不鮮明で、一つひとつ読み解くだけで時間がかかる。

しかしその依頼書はすぐ目に付いた。

理由は単純で、それだけが紙や木に挟まれて、ひときわ異彩を放っていたからだ。

文字通り色が違う。

その依頼書は黒かった。

そっと手にしてみる。紙や木よりずっと重い。表面に白い文字が躍っている。

文字が刻みこまれた、薄い石板である。文字の滑らかな曲線を見るに、魔法で書かれたのだろう。

「……どういうことだ」

使い捨ての依頼書に石板を用いるなど意味不明だ。しかも魔法が使われている。つまり依頼者は貴族かなにかということになるが、それも考えられない。最近ならともかく、昔の冒険者組合など、ごくごく小規模の便利屋集団でしかない。貴族が依頼を出すような相手ではなかったはず。なにもかもが奇怪だった。

異様な依頼書に怯《ひる》みつつ、イクスは文面に目を落とし――。

「アグナス山に、竜？」

小さくそう呟《つぶや》いた。

〈依頼アグナス山竜の調査〉――区切りのない昔の文法で、依頼書にはそう記してあった。

アグナス山、といえばイクスも聞いたことがある。この街《レイレスト》から東にある火山だ。今でもよく黒い噴煙が上がる活火山である。標高はそれほど高くなく、そこから北東に向かって長い山脈が延びている。

アグナス山は、その名も「アグナス石」が採れる特殊な鉱脈を擁している。そのお蔭で、麓の街であるアグナスルズは、人口は少ないものの豊かな小都市だという。

アグナス石はイクスにも馴染《なじ》みがあった。手ごろな芯材として、杖にもよく利用するからだ。一般的な宝石芯材と違い、少量でも高い性能を発揮する特徴がある。ちょうど最近も、例の混成芯材を作る過程で、素材の一部に使ったところだ。

この街では他の丘に隠れて見えないが、ムンジルの店があった山からは、天気がいい日に、山稜が薄っすら見えていたものだ。

しかし……。

アグナス山に竜が居た――？

そんな噂は聞いたことがない。

ただ、考えられない話ではなかった。伝承によれば、竜が人の前に姿を現すことはごく稀であり、それ以外の間どこに棲《す》んでいるのかはまったくの不明だったという。人間が滅多に立ち入らない山深くにいたのだとすれば納得がいく。

周辺の依頼書を漁《あさ》ったが、他にアグナス山、そして竜に関するものはなかった。ならばと依頼者の名前を見たが、なぜか書かれていない。報酬金額も微々たるもので、よく依頼として受理されたものだ。

しかし、不思議と魅《ひ》きつけられる依頼書だった。依頼書そのものの異様さもあるが、どこか懐かしい印象を受ける。理由はまったくわからないけれど――。

アグナス山に行く価値はあるかもしれない、とイクスは思った。だがすぐに、落ち着こう、と自分に言い聞かす。行ったところで、それ以上の手掛かりはない。見つかったのは、誰のものとも知れぬ怪しい依頼書だけ。ただの悪戯《いたずら》で貼り出された可能性もある。なんとなく気になるから行ってみよう、とユーイに説明するのか？

手に持った依頼書にふいに陰がかかった。

見上げると、倉庫に射《さ》しこんでいた光が、いつの間にか消えていた。外はすっかり暗くなっている。辺りは夕方になり、そろそろ夜を迎えようかという時間だった。

「……あ」

ようやくイクスは、モルナの手伝いのことを思い出した。

数秒考えたが、特に解決策は浮かばない。とうに店の整理は終わっているだろう。今から行っても手遅れだ。

まあ手遅れとわかっているならそれで良い。言い訳を考えたり対策をうつ手間が省けたと考えることにしよう。

散らかした依頼書を片付け、倉庫を出る。言われたとおり錠をかけた。

早く行かないと組合が閉まるかもしれない。足早に路地に出たときだった。

「よう」

彼の前に、二つの男の影が現れた。

「……何だ」

「何だじゃねえだろうが！」男が怒鳴った。「さっきの仕返しに来たんだよ。わかるか？」

「仕返し？」

イクスは首を捻《ひね》った。そもそも辺りが暗くて、彼らの顔がよく見えない。

「冒険者に喧嘩《けんか》売るってことはよ、暴力沙汰《ざた》に巻き込まれる覚悟はあるってことだな？」

「喧嘩は売っていないし、そんな覚悟もない」イクスは淡々と応じる。「金が欲しいのか？」

「あぁ？　俺らの鬱憤《うっぷん》晴らしっつってんだろうが！」

「言われていない」

「いちいち理屈捏《こ》ねやがって……」

「捏ねていない」

会話で時間を稼ぎつつ、イクスは彼らが誰か思い出していた。

エネドの牙の二人組だ。

トマに乗せられ、あんなことを話すんじゃなかった、と後悔する。やはり面倒事に巻き込まれてしまった。

（……逃げるか？）

無理だ、と自分で否定する。確かに相手は重そうな剣を佩いているが、如何《いかん》せん距離が近すぎる。回れ右しても、襟首《えりくび》を捕まえられて終わりだろう。当然、戦うなど論外の選択肢である。数でも体格でも勝ち目はない。

数秒の思考を経て、イクスは深々とため息を吐《つ》いた。

「わかった」

「あ？」

「抵抗しないから、適当に復讐《ふくしゅう》してくれ」イクスは両腕を開く。

二人組はしばしあっけに取られた様子だったが、顔を見あわせると、へらへらと笑った。

「何だ、こいつ？」

「頭がこれなんだろ」男が頭の上で手を開く。「ま、お言葉に甘えるとしようじゃねえか」

くっくっと肩を揺らして、彼は腰の剣を抜いた。

それを見て、イクスは片手を開いた。

「ああ、言い忘れていたが、殺されるのは困る。生かして帰してくれ」

「はあ？　何言ってんだお前」

「命乞いをしている」

「……ったく。本当の命ってもんを知らない奴は、これだから……」

男はやれやれとばかりに首を振った。

「わかってくれたか？」イクスがきく。

「んな嘗《な》め腐った命乞い、わかってもわからないね」

「そうか、残念だ」

「まったく、お互い残念な日だな」

イクスは路地に視線を走らせる。通行人の姿はない。叫んだところで助けは期待できない。諦めよう、と思う。

戦闘になれば絶対に負ける。そうわかっていながら注意を怠った、自分の責任だ。死んでも自業自得といえよう。

「おい、本当に殺す気か？」剣を持っていない男が焦った様子で言った。「早くしないと――」

「べつにぃ？　そこまで恨んじゃいねえけどよ、ただまあ――」男は剣を持ち上げ、振りかぶった。「手加減しても死ぬような虚弱野郎だったら知らねえけどな！」

剣の分厚い腹が迫ってくるのをイクスは見た。

4

ユーイは額の汗を拭《ぬぐ》い、一息ついた。

「ふぅ……」

午前中は本を運び、午後は魔獣の死骸を運び、そろそろ腕が上がらなくなってきた。

部屋を眺める。オットーはいつもの微笑みで軽々魔獣を運んでいる。彼はいつもその顔だから、本当に余裕があるのかどうかわからないが。

いっぽう、わかりやすいのはモルナだ。

「ぜぇ、ぜぇ、ぜぇ……」

「だ、大丈夫ですか、モルナさん？」

「だい、じょぅ、ぶぅ……」

彼女はふらふらになりながら、丸太を転がして運んでいる。前髪が額に貼り付いて、いつにもまして不気味な風貌になっていた。

年齢的にはモルナ、ユーイ、オットーのはずだが、体力面では完全に逆転しているようだった。

せめてイクスがいてくれれば、と思う。彼の体力にも期待はできないが、三人より四人のほうがまだ捗《はかど》るだろう。

「用事が長引いているのでしょうか……」ユーイは呟いた。

イクスとモルナが籠《こ》もりきって研究した結果、混成芯材以外に、とんでもなく散らかった部屋が生み出された。そしてモルナが杖作りを再開しようとした矢先、必要な道具や材料が見つからない、という当然の事態が発生した。やむなくさきに整理をすることになり、ユーイも協力を申し出た。彼女は関係者でも何でもないのだが、律儀に責任を感じたのである。

とりあえず魔獣の置き場、丸太の置き場、道具の置き場、と部屋を分割し、部屋は以前の状態まで回復した。それでも散らかっていることに変わりはないが、これ以上続ける気力はなかった。

ひと通りの掃除を終えると、オットーは鼻歌を歌いながら店を出ていった。外はもう夕方なので、家へ帰ったのだ。もちろん挨拶《あいさつ》などない。そんな無駄な行為を彼はしない。

モルナもそれが当然といった顔で、「お疲れさま」の一言もなかった。もっとも彼女の場合、疲れすぎて言葉が出なかっただけかもしれない。

その証拠に、掃除を終えて倒れていたモルナは、しばらくするとユーイの許まで這《は》ってきて死にそうな声で言った。

「あ、あ、ぁ、あ……りが、とう」

「私の杖の研究で散らかったのですから、お手伝いするのは当然です」

「た、助かったよ……、これでつ、杖が作れるから」

「ええ、良い杖をお作りになってください」

「い、今は……」モルナは自分の躰を見下ろした。「腕、動かないけど」

「は、はあ」

ぎこちない会話が途切れる。

近い距離で見つめあっていると、とつぜんモルナの顔がにちゃりと歪んだ。

「へ、へへへへ……」彼女は俯《うつむ》いて言う。「へ、変でしょ、私……。人と話すのとか、躰動かすのとか、ぜ、全然だめでさ……」

「そんなことは――」と言いかけて、ユーイは首を振った。「ありますね、たしかに」

「……うん」

「モルナさんもイクスも、ええ、私が今まで出逢ったどんな人とも違います。本当に変わっている方々だと思います……失礼な言い方ですが」

「う、ううん。事実、だし」

「ムンジルさんのお弟子さん――というのは、皆さんそうなのですか？」

そう訊ねると、モルナはどこか嬉《うれ》しそうに頷いた。

「そ、そうだよ。みんな、変な人ばっかり」

「それはまたどうして……」

「だ、だって、師匠が変な人だから……」モルナは自分の髪を弄《いじ》りながら答えた。「普通の人はあんな人の弟子なんて、きっとやってられないし……、そもそも、普通の人なら他に働ける場所があるから、弟子になる必要もないんだよ、たぶん」

彼女が自然に話せていることにユーイは気づいたが、黙っていた。

「私みたいなのは、他の場所では生きていけないからさ……。あそこでは、杖を作ってれば誰も怒らない。師匠は滅茶苦茶《めちゃくちゃ》だったけど、最初から滅茶苦茶だってわかってるから、恐くなかった。……私ね、人が話してること、半分もわからないんだ」彼女は穏やかな口調になった。

「うん、他のみんなもそんな感じだった、と思う」

「だから……でしょうか」

「え、え？　何が？」

「イクスです」ユーイは息を吐く。「毎日一緒に図書館に通っていますが、ふと考えたのです。彼はなぜ私の依頼を受けているのか――と」

「えっと、それは――」

「ええ、約定書ですよね？　ですが約定書を書いた本人は亡《な》くなっています。破ったところで彼を罰する者はいません。それとも、死したあとでさえ絶対服従を強いるような――そんな恐ろしい方なのですか、ムンジルさんは？」

「……ううん。むしろ、いっくんだけ、かも。師匠の言うこと全部聞いてたのなんて……。他のみんなは適当に無視したり、よくわかってなかったり、だったかな」

「ええと、それはそれでどうなんでしょう……？」

「だから、うん、たしかによくわかんない……。なんでいっくんは依頼を受けたんだろうね？」

「モルナさんにもわかりませんか……」

「い、いっくんにも、わかってなかったみたいだけど」

「え？」

もっと話を聞きたかったが、彼女は話を終えたつもりらしく、既に立ち上がっていた。

「話してたら、体力戻った気がする」

彼女は作業机に座った。

儀式の後、何の澱《よど》みもなくモルナは杖を作り始めた。直前まで同じことをしていたような自然さだった。彼女の中では、前回の作業から途切れず繋《つな》がっているのだろう。

邪魔をしては悪い。音を立てないよう、静かに部屋から出た。

店内は真っ暗だった。

残り僅《わず》かの蠟燭に火を灯《とも》す。

イクスはまだ帰ってこない。

かすかに肌寒さを感じた。

なぜ――彼は。

彼女はまたイクスのことを考えていた。

単純な興味ではない、その自覚はあった。

もちろん師匠と父、という違いはあるけれど。

すでに死んだ者の言いつけを、なぜ……。

守り続けるのか。

守り続けられるのか。

自分は――。

直接きけば、彼は答えてくれるだろうか。

(早く帰ってこないかな……)

机に頬杖《ほおづえ》をついて、ユーイは揺れる火を見つめた。

躰の中から、疲労がぷつぷつ泡のように湧《わ》き出して、頭のほうに上がってくる。泡は集まり、大きな塊になって、彼女の頭を徐々に侵していった。

「……っ」

扉を叩く音で彼女は目を覚ました。

顎に垂れていた涎を、服の袖《そで》で拭《ぬぐ》う。働かない頭で周囲の情報を整理する。

火は消えていた。窓の外だけが明るい。

どれくらい寝ていたのだろう……?

彼女は覚束《おぼつか》ない足取りで窓際に向かった。見上げるようにして月の位置を確認する。夜空に空いた穴のようだった。動きの早い雲に蔽《おお》われていった。

まだ深夜だ、と思う。

暗闇《くらやみ》に目が慣れていない。

そうしてようやく、扉を叩く音に彼女は気づいた。ずっと聞こえてはいたが、意識に上っていなかった。

イクスだろうか、と考えてすぐに首を振る。彼だったら、大声で呼んでいるはずだ。

ともかく外套を纏《まと》った。腕を伸ばして家具を確認しつつ戸口へ向かう。

喉《のど》の調子を確かめてから、ユーイは口を開いた。

「どちら様です?」

「……ユーイか」

「イクス⁉」

「ああ」

ほとんど呻きに近いイクスの声だった。

急いで扉を開けると、薄ぼんやりした月明りに照らされ、顔中が青く腫《は》れあがった男が立っていた。

「遅くなってすまない」彼は言った。

「ど、どうしたのですいったい――!」

扉を大きく開けると、イクスは倒れかかるようにして店に入ってきた。彼の躰をユーイは受け止め、近くの椅子にそっと座らせる。

　イクスは腕を持ち上げて、玄関の外を指した。

「……礼を」

「はい？」

　そちらに視線を向ける。

　店から少し離れた場所に、三人ほど立っている人影が見えた。月光が青く縁取り、地面に薄い影を落としている。

「俺を、ここまで運んでくれて……手当も」イクスは掠《かす》れ声で言った。「道で人に襲われたんだ」

「そ、それは……」

　詳しい事情はわからなかったが、イクスを助けてくれた、ということは伝わった。

　暗くて顔が見えず、ユーイは目を凝らして彼らを見つめる。

　ふいに辺りが明るくなった。周囲の様子や、彼らの顔が瞭然と浮かび上がる。

　しかし彼女が現実を認識するまでには、数秒の差があった。

　三人は驚愕《きょうがく》の表情を浮かべ、こちらを見ていた。

　男性が二人と、女性が一人。ユーイと同じくらい若い。

「ユーイ……」トマが呟いた。「どうしてここに――？」

　喉になにかが詰まっているように、ユーイは言葉が出てこなかった。思考は綺麗《きれい》に漂白され、

呼吸の仕方すら思い出せなくなる。

「ユーイ?」

隣から聞こえた低い声で、彼女は我に返った。

イクスと視線を合わせ、頭の中を整理した。そのあいだ彼は黙ってこちらを見守っていた。

「いえ、何でもありません」

ユーイは努めて平坦な口調を心掛けた。玄関口に戻って、三人を見下ろす。

「ゆ、ユーイ――」

別の男が口を開いた。頭の大きな犬耳がピンと立つ。しかしユーイは、片手を開いて彼を制した。

「トマさん、ダンさん、ロザリアさん、彼を助けていただいてありがとうございました」

「いや、そうじゃなくて……」同じ男――ダンが言う。「心配しただろ! 急にいなくなったから……ああ、でも、良かった。無事で……」

「今の私はあなた方とは無関係です」ユーイは言った。「今日は遅いですから、また後日お話しましょう。お礼についてもそのときに」

「お礼って、なんでそんなよそよそしいんだよ……」耳がしゅんと垂れ下がる。

「とにかく、今日はもうお引き取りください」

「引き取れって、お前、ここに泊まってるのか?」ダンが食い下がった。「ここが宿だってんなら、俺らも一緒に――」

「宿屋ではありません。私が個人的にお世話になっているだけです」

「……そうかよ」

「杖――？」

唯一の女性、ロザリアが首を傾げた。髪で隠れた長耳がちらりと覗《のぞ》く。彼女は店の看板を見上げていた。

「ここ、杖屋さんなんですか？」

「ええ、そうです」ユーイは頷く。

「そんな、あれは大事な杖なんでしょう？　ユーイ、たしかに私たちはもう冒険者としては無関係です。でも、同じ学院の生徒として見過ごせません。いくらお金がないからって、こんなお店に頼ることはありません。あなたが私たちに頼りたくないというのはわかりますが、せめてもっとましな――」

「ロザリア、やめるんだ」

彼女の肩に手を置いて、トマが言った。

「ですが、トマ」

「イクスさんは優秀な杖職人だよ。話しただろう？　一目見ただけで、あの牙のおかしさに気づいたんだから」トマは首を振った。「それにユーイが信頼してるんだ、きっといい店なんだろう。そういう言い方はよくない」

「……はい、申し訳ありませんでした、ユーイ」ロザリアが頭を下げる。

「お気になさらず」ユーイは素気なく応じた。

「本当に、また話す機会を作ってくれるんだね？」トマが真剣な表情で言った。「約束してくれるかい？」

「嘘《うそ》はつきません」

「そうか。じゃあユーイを信用して、今日は帰ることにする。僕たちは中央街に宿をとっている。看板に鳥の彫り込みが入ってる店だから――もし君から会いに来てくれるなら――そこを訪ねてくれ」

「わかりました」

「イクスさんだけど、ロザリアが応急の治癒魔法をかけてくれた。命に別状はないはずだ」

「脳が崩れていなかったのが幸いでした」ロザリアが言う。「危険な創傷について、私がわかるかぎりは繋《つな》いでおきましたが、定着まで時間がかかります。見逃しもあるかもしれません。二、三日は安静にして、様子を看《み》てください」

「ロザリアさんの技術は信用しています。ありがとうございました」

「あとこれ……彼の落とし物」トマがでこぼこと膨らんだ袋を差し出す。

「渡しておきます」

「冷たいね」彼は視線を落とし、ふっと微笑んだ。「じゃあ、またねユーイ。イクスさんに謝罪を伝えておいて」

三人は道の向こうへ歩き去った。

少し怪訝に思い、先ほどのトマの視線を追ってみると、自分の右手に向いていたことがわかった。見下ろして、彼女は息を吐いた。

「……ふぅ」

肩から力を抜く。今はイクスのほうが大事だ。

強く握っていたせいで、ユーイの右手は真っ白だった。

5

図書館に入ったオットーは、数歩進むと、急に動きを止めた。

あらかじめ言われていたことだったが、実際目にすると、どうしても驚いてしまう。ユーイはオットーの腕を取って、静かに壁際へ誘導した。視線を正面に固定したまま、けれど特に抵抗せず、彼はそろそろと歩いた。聞いていたとおりなら、しばらくすればもとに戻るはず。

なぜこんな状況になっているかといえば、モルナがそう勧めたからである。

命に別状はなかったものの、イクスの怪我《けが》は重傷で、数日は床を離れられないということだった。時間はないし、その間もユーイは一人で調査を続ける気でいた。

しかしそこで、イクスを襲った連中の目を避けるため、少し店を閉めることにした、とモルナが言ったのだ。さらに、せっかくオットーの手が空くのだから、調査を手伝ってもらったらどうか、と提案してきた。人手が必要なのは確かだし、オットーも嫌がらなかったので、その言葉に甘えることにした。

とはいえどこまで本当だろうか、とユーイは疑ってもいる。店を閉めるというのは方便で、モルナは自分のことを気遣ったのではないだろうか。確かめようのないことだが。

オットーは生きているのか怪しいぐらいに身動きせず、じっと佇《たたず》んでいた。初めての場所や状況に遭遇すると、いつもこうなるのだという。

傍《はた》から見ればかなり異様な光景だろうが、図書館の利用者が少ないのが幸いだった。大して視線を集めずに済んだ。

しばらくの後、オットーは夢から醒《さ》めたように瞬いて、こちらを見上げた。

「あー、えっとですね、オットー」何と伝えたものか、頭の中で整理する。「アグナスルズの本を探してほしいのです」

「火山で宝石が採れる街」

「あ、そうですそうです」

そう頷くと、オットーはそれ以上なにも言わず、ふらりと書架の陰へ消えていった。

「あ……」

そちらには紙束やぼろぼろの本しかないのだが、それを伝える間もない。

話し方がまずかっただろうか、とユーイは反省する。オットーの能力は驚嘆すべきものだが、しかしどうすれば上手く活《い》かせるのか、彼女にはまだわからなかった。イクスがしているような意思疎通など、まったくできる気がしない。

このままでは宝の持ち腐れだ。ため息が出る。

まあ「竜について調べる」という曖昧な目標よりは、対象が明確なぶん気は楽だ。もっともその根拠も、ふと意識を取り戻したイクスが呟いた、

――アグナスルズについて調べろ。

という曖昧な指示によるものではあるが。

なぜ街を調べることが竜探しに繋がるのか、ユーイにはよくわからない。詳しい説明を求めても「妙な依頼書があった」とか、わけのわからない内容を途切れとぎれに話すだけで、まったく要領を得なかった。かといって怪我人を問い詰めるのも憚《はばか》られる。

ただのうわ言かもしれず、どこまで信頼していいやら疑わしいものの、しかしようやく手に入れた手掛かり――らしきもの――である。どうせ雲をつかむような話だ。とにかく調べてみようということで、こうしてまた図書館へやってきたのだが……。

地理について書かれた本はあまり多くないうえ、そのほとんどは厳重に管理されている。具

体的には、台に固定されて、容易に動かせないようになっていた。

内容を浚《さら》ってみるが、載っているのは大きな都市ばかりで、地方の一都市に関する記述など見つからない。

調べ始めてさほども経たないうちに、ユーイは諦めを覚え始めた。

やはりこういうことは、図書館ではなく、街で商人や旅人に訊ねたほうが良いだろう。

どうしても街に入ったときのことを思い出してしまい、人に話しかけるのは躊躇《ちゅうちょ》してしまうが、まだ街ではフードを外せと誰にも言われていない。

そう……、そんなことを恐れている時間はない。

夏の終わりまでに杖を直さなければ――。

パキ、という音が蘇《よみがえ》る。

「アグナスルズの本」

「は、はいっ？」

気づくと、目の前にオットーが立っていた。手に本を持って、こちらに差し出している。ぼんやりしていたこともあって、つい受け取ってしまった。

本というより、紙束を雑に綴《つづ》って表紙を付けたものと呼ぶべきか。題名らしきものが書いてあるが、癖《くせ》のある筆記体で読み取れなかった。

ずいぶんと古く、紙の保存状態も悪い。表面がざらついていた。紙質ではなく、砂や埃がこ

びりついているらしい。指の腹が白くなった。

「あの、オットー、これは……」

「この本だ」

「何がです？」

ぱらりと捲《めく》ってみる。

帳簿――だろうか。

表紙と同じ筆跡で、物品名と数字が一面に並んでいた。似たような内容が何頁も続いていく。雑に扱われていたようで、潰れた虫の死骸なども挟まっている。所々書き込みもあったが、散文的な文章ばかりで、帳簿とは関係なさそうだ。ただの落書きである。

こんなもの、図書館に収蔵する意味があるとは思えない。おそらくは書棚を埋めるため、適当に集められた紙束の一つだろう。

「すみませんオットー、この本が何ですか？」

「アグナスルズの本」いつもの微笑でオットーは答えた。

「いえ、そうではなく……」こういう場合は自分の訊き方が悪いのだ、とユーイは首を振る。

「なぜ、これがアグナスルズの本なのですか？」

「灰」

「え？」

「アグナスルズには火山がある。それには灰が付いている。暖炉の灰とは違う山の灰。最もアグナスルズの本である可能性が高い」

彼の言葉を理解するのに、数秒かかった。

「えっと、つまり——」ユーイは何度か瞬いた。「『アグナスルズについて書かれた本』ではなく、『アグナスルズにあった本』、ということですか?」

「そう」

思い返してみれば、確かに自分は「アグナスルズの本」を頼んでいた。曖昧な言葉遣いをしてしまったせいだ、とユーイは肩を落とす。

それにしても、よくこの短時間で見つけたものだ。

仮にオットーの見立てが正しければ、何らかの理由で彼《か》の街の帳簿がここまで運ばれてきて、図書館の棚埋めに使われた、ということになる。

もちろんそれは凄いし、興味深いことではある。しかし……。

「オットー、せっかく見つけてくれて悪いのですが——」

そう言い掛けたとき、何気なく頁を捲っていた手が止まった。

一瞬だけ目に入ったのだ——「竜」の文字が。

染料・ハルニィ、と書いてある箇所の右。

帳簿とは関係ない、欄外の文章。落書きのように雑な文字列。

こちらも癖のある字で苦労したが、どうにか読んでみると、簡単な日記のようだった。

……今年の竜の調達は大丈夫なのか？　あと二週もすれば祭りが始まるっていうのに、まだ仮組も終わってないって噂だが……。これだから任せるのは不安だと言ったんだ。最近若い奴らのやる気がどうにもないのが妙だ。覇気もないし、集まりには出ないし……。とにかく明日、若衆にきいてみよう。俺が凄めば、連中も少しはまずいと思うだろうから。


「竜の……調達？」

あり得ない文面だった。

この帳簿は確かに古いが、しかしユーイにも読める中央共通語で書かれている。王国古代語ではない。

つまり、古くてもせいぜい二百年まえのもののはず。

しかし竜が絶滅したのは大昔、最低でも千年以上まえ。

明らかに年代が合わない。偶然見つかった帳簿なのだから、冗談や嘘を書いているとも思えない。だとすれば、これは何なのか。落書きの戯言《たわごと》だろうか？　にしては文面に作為を感じない。

心臓が跳ねるのを感じる。

これは――当たりかもしれない。

アグナスルズについて調べろと言われ、その街にあったと思しき本に、竜の存在を示唆する書き込みがあった。不明な点ばかりだけれど、これを偶然とは思えない。

いやもちろん偶然の可能性もあるのだが、しかし散々探して見つからなかった手掛かりが、こんな短期間で見つかったのである。冷静になろうと思う反面、どうしても興奮を抑えきれない。

慌てて前後の書き込みを読んだが、妻の愚痴と、子供が可愛《かわい》いという話が書いてあるだけだった。

せめて名前が知りたいと調べたところ、表紙の裏に署名を見つけた。ただこちらは表紙よりさらに崩した文字で、ユーイには読み解けなかった。

とにかく一刻も早くイクスに伝えなければ……。

この帳簿ももっと調べる必要がある。ここだけでなく、他の落書きにもなにか書いてあるかもしれない――と。

背後に気配を感じ、彼女は振り向いた。

「ああ、見つかりましたね」

「わっ」

「でもお連れ様は変わりましたね。良い判断かと思います」

そう淡々と捲《まく》し立てるのは、例の図書館長だった。あのとき自分は隠れていたはずだが、気づかれていたらしい。何日も通っているのだから当たり前か。

「あの、これは……」ユーイは帳簿を持ち上げた。

「収蔵目録にはありませんね」一瞥《いちべつ》しただけで、館長は断言した。「書棚を埋めるため、適当に集められた紙束ですね」

「ああ、やっぱり」

「持っていきたいですね？」

「え？　は、はあ。でも……」

たしかにそのまま持っていければ、とは少し考えた。どんな些細《ささい》な落書きが手掛かりになるかわからない現状、いまだ床を離れられないイクスに見せるには、書き込みを一つひとつ書き写さなくてはいけない。オットーに手伝ってもらえば捗るだろうけれど、とはいえ手間は手間である。

しかし図書館の本を持ち出すなど許されまい。その釘《くぎ》を刺しにきたのだろうか、と思っていると、館長が言った。

「構いませんよ。正式に収蔵された本ではありませんしね、差し上げます」

「え、よ、よろしいのです？」

「ええ、ええ。ただですね、一つお約束をしていただきたいですね」

「約束？　それはどのような？」

「なにしろですね、本とは読まれるべきもの。どんな内容であれ、誰も読まず、誰も知らず、ただ朽ちていくなど、あまりに悲痛なことですね。それを救い出そうというのですから、あなた、最期《さいご》を看取るにせよ、また他人に譲るにせよ、その本は大切にしなければいけませんよ。その責任を持てないならば、差し上げることはできませんね」

「え、えーと……」

まさかこの紙束にそこまでを要求されると思わず、ユーイは天井に視線を向けた。本とはそういうものだったろうか？　しかし館長の眼差《まなざ》しは真剣そのものだ。

これは即答できない自分がおかしいのだろうか……？

ユーイはしばらくの間、視線をさ迷わせていた。

6

腫《は》れが治まるまで四日ほどかかった。

あのロザリアという少女のお蔭だろう、躰の痛みをほとんどイクスは感じなかった。それでも寝込んでいる間は全身が熱く、頭もぼうっとしていた。いつ起きていつ眠ったか朦朧《もうろう》としている。負った怪我の酷さを思えば、恢復《かいふく》が早すぎるくらいではあるが。

迷惑かけた分を返そうと、さっそく戸棚の整理などしていると、なにかにぶつかったような音を立て、部屋の外からモルナが顔を出した。

「あ、い、いっくん……？」

「ああ義姉さん、すまなかった。迷惑をかけて」

「う、ううん。い、いっくんが元気なら、それで……ふゅふゅふゅ……」彼女はほっとした表情を浮かべた。「躰はいいの、もう？」

「まあ、今のところ問題なく動く」軽く肩を回してみせる。

「そ、そう、良かった、うん」

「オットーと、あとユーイは？」

「あ、お店にいるから、よ、呼んでくるね」

呼んでくると言ったわりに、戻ってきたのはユーイ一人だった。「起きたばかりだというのに元気そうですね」と彼女はあきれ顔を浮かべた。

「それで、何があったのですか？」

「ああ、ユーイと別れたあと、冒険者組合に寄ったんだ。それで――そうだ」イクスは顔を上げた。「そこで一つ手掛かりらしきものを見つけたんだった。たしか――」

「アグナスルズ、ですか」

「……何でユーイがそれを？」

「あなたが言ったのではないですか。憶えていないのですか？」ユーイは首を振った。「まあその件はあとで伺います。私からもお話がありますので」

「そうか……」

釈然としない気持ちではあったが、ひとまず話を続けることにして、あの晩にあったことをイクスは説明した。

二人組の冒険者に手酷《てひど》い傷を負わされ、彼は道端に倒れていた。律儀にも全身くまなく殴られたお蔭であちこち骨が折れ、助けを呼ぶことも、起き上がることもできず、地面の冷たさだけを感じていた。

しかし二人組が派手に騒いだために、偶然近くにいたトマたちが不審に思って見にきてくれたのは、不幸中の幸いだったといえよう。トマの仲間のダン――ヴコドラクの優れた五感が、罵声《ばせい》と血の臭いに気づいたのだ。

駆けつけてくる三人を見て、二人組は逃げ出していったのだが、既にイクスは虫の息だった。ロザリアの迅速な治癒魔法がなければ、死んでいてもおかしくなかっただろう。エルフの高い魔力と熟練した技術に助けられた。

その後、イクスが組合で話した相手だと気づいたトマが、責任を感じてこの店まで送ってきてくれた。これがあの夜の顚末《てんまつ》だった。

「まさに命の恩人だ」イクスは言った。「もとはといえば俺の不注意が招いた事態なのに、運が良かったよ」

「ええ、本当に無事でよかったです」

「俺が死んだら、杖を修理する奴がいなくなるしな」

「……なんです、その言い方」むっとした表情でこちらを見つめる。「真剣に心配していた私や、モルナさんに失礼ではありませんか」

「ああいや、口が滑った。すまない。でもあの三人組は何者だったんだ？　襲われてからの記憶が曖昧なんだが、ユーイの知合いみたいな口ぶり――だったよな？」

「……ええ、知合いです」

「それは、学院の？」

「そうなりますね」

「不思議な取り合わせだな。ヴコドラクもエルフも、ユーイと似たような立場だろう。まああっちは時代が違うか……。それでも王立学院の生徒で、しかも一緒に冒険者をやっているというのは……」

「話したくありません」

言葉を遮《さえぎ》るように、きっぱりとユーイが言った。

イクスは開きかけていた口を閉じる。軽い話題のつもりだったのだが、なにか事情があるのだろう。彼女とは、そんなことまで踏み込める関係ではない。

「そうか、すまない」と謝罪しておく。

「いえ、構いません。ただ彼らと私はもう関係ありませんし、二度と関わることもありません。

それだけです」静かにユーイは言った。

「また話す時間を取る、と言ってなかったか？」

「それが、イクスと関係があるのですか？」

「いや……ないな」肩を竦める。「助けられた礼は言いたいが、それだけだ」

「ではこの話は終わりですね」彼女は咳払いした。「それよりも、あなたが見つけた手掛かりについて話してくれますか？　どうして私はアグナスルズについて調べさせられたのです？」

「いや、調べさせたつもりはないんだが……」

ぼやきつつ、組合の倉庫で見つけた奇妙な依頼書について話した。そこに竜とアグナス山について記されていた、と。

「石板に、魔法で書かれた文字ですか」ユーイは腕組みをする。「たしかに不可解ですね。意図がわかりません」

「まあ、それだけの手掛かりだ。不思議だがそれだけだし、今考えてみれば、そんな大したものじゃなかった気がする。うわ言で働かせて、悪いことをした」

「さて、それはどうでしょうか」

「は？」

「私もひとつ見つけたのです」

そう言うと、部屋の棚から、ユーイは古びた紙束を持ってきた。これは？　と眉をひそめると、今度は彼女が説明した。この帳面を図書館で見つけたこと、アグナスルズにあったものらしいこと、そして――。

「竜の調達……か」

「そうです」ユーイは頷く。「まさか本物の竜とは思えませんが、しかしイクスの見つけた依頼書と併せて考えると、これは、手掛かりですよね？」

「オットーが言うからには、アグナスルズにあったっていうのも間違いないだろうしな」表紙を見たイクスは首を傾げた。「祭具出納帳――エガ・フルメン？」

「ああ、そう書いてあるのですね。エガ、というのが名前ですか？」

「旧い男性名だ」

「知合いの方ですか？」

「だったら良かったんだが」

もちろん名前にも姓にも聞き憶えはない。

紙束を放り出して、イクスは天井を見上げた。

「うーん……」

「どうしたのです？　せっかく進展があったというのに。こうなれば行ってみるしかないのでは？　そのエガ、という方に会えれば……」ユーイはやや興奮している様子だった。

「進展ではあるが、でもな……」と首を振る。「これは賭《か》けになる。確かに今のところ、アグナス山が唯一の手掛かりといっていい。アグナスルズは遠いが、駅馬車で二日も行けば着く。だが時期的にはぎりぎりだ。アグナス山に何もなかったら、それで夏季が終わる。もっと確かな情報を得てから行動したい」

「ですがここでの調べものは頭打ちでしょう。散々調べて見つかった手掛かりが、二つとも同じ場所を示している――はたして偶然でしょうか」

「しかしだな――」

「ひょっとしてですが、手掛かりが見つかったことを盾に取って、修理の期限を延ばすつもりではないですか？」

「そんなわけないだろ」イクスは鼻を鳴らした。「俺が言いたいのは、まだ一つ、重大な問題があるってことだ」

「伺いましょう」

「旅費だ。俺には金がない。移動費も、向こうで泊まる金もな」

「む、それは……」

言い訳でも何でもなく、切実な問題だった。職人としての先行きが不透明な今、無償の依頼のために大金を注《っ》ぎこんでは、誇張なしに野垂れ死ぬ可能性がある。そうなれば彼女の依頼を果たせなくなってしまう。

それはユーイもわかっているのか、口もとを歪めた。彼女もけして金に余裕があるわけではない。

互いに渋面を向けあっていると、ふいに部屋の外から足音が響いてきた。

「お、お金……いるの？」

「うぇっ⁉　も、モルナ――さん」一瞬飛び跳ねたものの、ユーイは微笑みを作った。「そ、そうですね。旅費がないという話をしていまして」

「ふ、ふふ、じゃ、じゃあ、これ……」

だらりと下げた手に、モルナは膨らんだ袋を持っていた。じゃらりと重い音を立て、ふたりの前に落とす。

中身を覗きこんだイクスは「は？」と呟いた。

大金――とまではいえないが、かなりの額が詰まっていた。

「義姉さん、これは――？」イクスは鋭い視線を向ける。

「えっ？　えっと、あの、い、いっくんが倒れてた横にね、落ちてたんだって」

「落ちてた？　この金が？」

「あ、ち、ちが、そうじゃなくって、ほら、エネドの……」

「ああ、牙か」

あの二人組が組合に持ち込んだ、例の牙だ。トマたちが来たのに慌てて、うっかり落としていったのだろう。

「で、でね、それを売って……お金にね」

「は？　売った？」

「う、うん」

モルナをまじまじ見つめると、途端に彼女は目を泳がせた。

「え、駄目だった、の？」

「いや、駄目というか……」

「だ、だって、あのまま持ってたら、その人たちが来て返せって言われるかもしれないし、お金にしたほうがいいかなって。店を閉めて、いつもの商人さんにお願いして……。それで、大丈夫だよね？　ふぃふふ……」

「大丈夫というか、まあ……」

法律上は問題ない。既に売ってしまった以上、この金は二人組のものでも、もとの持ち主の——あの二人が非合法に手に入れたとして——ものでもなく、自分たちのものになる。その商人が上手く捌《さば》いていれば、この店も見つけられないだろう。

しかし、あの量のエネドの牙である。手に入れるには相当苦労したはずだ。売ればこれだけの金になるし、組合に渡せば一目置かれる成果になっただろう。たかが木っ端職人のためにそれを失うとは……。むしろあの二人に同情してしまうイクスだった。

「ともあれ、これで旅費問題は解決ですね？」ユーイが両手を合わせた。

「……そうだな。依頼主がこの賭けに乗るというなら、だが」

「なら問題ありませんね」彼女は微笑んだ。「で、いつ行きます？　できるだけ早いほうがいいですよね。怪我さえ問題なければ、今日の夕方にでも――」

「わ、じゃあ、私も、いっくんの鞄《かばん》、用意するから……！」

「は？　義姉さん？」と呼び止めたときには、既にモルナの姿は消えていた。「……それにユーイも待て。おまえまで随いてくる口ぶりに聞こえたが」

「何を言っているのですか」ユーイは不思議そうに瞬いた。「私も行くに決まっているでしょう」

「決まってはいないだろう。俺の仕事なんだから、ここで待っていればいい」

「あのですね……、人探しに行くのですよ？　人手が多いに越したことはないでしょう。なにより――」彼女はイクスの顔を指差した。「また襲われでもしたら、誰が私の杖を直すのですか？」

顔にはまだ包帯を巻いたままだった。

三章　背丈の篝火

RYU TO SAIREI

1

駅馬車を乗り継ぎ、行商人の馬車に同乗させてもらい、二日後には、二人はアグナスルズの土を踏んでいた。強行軍での移動に加え、駅の劣悪な寝床により、肩も腰も凝っていた。もっと良い宿もあったのだが、節約のためだ。魔獣は現れず、順調な道程だった。

イクスが両腕を伸ばして躰《からだ》を反らせると、ぱきぱきという音がした。見上げた空は薄っすら灰がかっていた。

「けほ……」馬車が巻き上げた土埃《つちぼこり》を吸いこんで、ユーイが咳《せ》き込《こ》む。

「疲れてるな」

「疲れるのにも疲れました」

「まあ馬車なんてこんなもんだろう」

「お互い苦労しますね。イクスもその鞄……」

荷台から降ろされる鞄を受け取りながら彼女は言った。

旅とはいえ、イクスのそれは異様に大荷物だった。追加で運賃を請求されたほどだ。

「荷造りを義姉さんに任せたのが間違いだった」鞄《かばん》を引き摺《ず》りながらイクスはぼやいた。「あの旅とは無縁の出不精に……」

「結局、何が入っていたのですか？」

「旅先で手に入るような日用品がほとんどだよ、まったく……。あとは意味のわからん補修剤とかな。おおかた部屋にあったものを適当に詰めたんだろう」

「それはそれは」

急いで駅馬車に乗ったものだから、中身を確認している暇がなかったのだ。その点、もとから旅の装いだったユーイは身軽なものである。

しかし彼女も、疲れ以外に憂鬱《ゆううつ》な荷物を抱え込んでいるようだった。

というのも――。

「わあ、大きい山ですね」

「そうか？　あんま高くなさそうだけど」

「ああ、ダンには見えないんですね。霞《かす》んでいますが、あの山の奥に、もっと高い尾根が続いているんですよ」

「授業でやっただろう、それは」

「そうだったか？」

後続の馬車から降りてきた客のせいである。

もちろんトマ、ダン、ロザリアの三人。

また倒れたりしないだろうな、とユーイの横顔を窺《うかが》う。頭痛がするのか額に手を当てているが、どうにか持ち堪《こた》えている。

一日目の夜、彼らと遭遇したユーイの様子は酷《ひど》いものだった。「夢……これは夢です……」と呻《うめ》きながら部屋に戻ってくると、倒れるように床に就いてしまった。何があったのかとイクスが外に出てみると、気まずそうな表情の彼らに再会した。

三人の話を聞くには、レイレストで急いで駅馬車に乗りこむ二人を見かけて、約束を放り出すつもりではないかと思ったのだという。慌てて後を追い、行き場所も見ず馬車に飛び乗った。そのまま同じ駅に到着したというわけだ。

一連の事情をユーイに伝えると、彼女も理解はした様子だった。とはいえ心の準備はまだのようで、ため息ばかりを聞く旅程だった。

最終的にレイレストに戻るまでは互いに関《かか》わらないという約束を――イクスを介して――取り結び、努めて三人のことは気にしないことに決めたらしい。

早く行きましょう、とユーイが促し、二人は大きな通りを歩き始めた。

「なるほど、面白《おもしろ》い街だ」イクスは呟《つぶや》いた。

「はい？」

「単色というのかな、あるいはレイレストが雑多すぎるのかもしれないが――」

何となくの印象だが、アグナスルズはレイレストと反対の街だった。

一軒一軒の建築物が大きく、通行人の数は少ない。それでも賑《にぎ》わいがないわけではなく、鉱山の街らしい活発さはあるのだが、なぜだろう、物静かな雰囲気も感じる。どことなく灰色の薄紙を通して見る景色のようだった。噴煙が空に漂っていることもあるのだろうが、それだけが理由ではない。

背後で騒ぐ声が聞こえ、振り返ると、あの三人が露天商の前でなにやら言い争っていた。眉《まゆ》をひそめ、正面に顔を戻したユーイがきいた。

「まずはどうします？　宿探しですか？　それとも、この街にも兄弟弟子さんがいらっしゃいます？」

「いたら良かったんだが」真面目《まじめ》な顔でイクスは言う。「とにかくエガ・フルメン――ひいてはフルメン家を探すしかない。あの表紙には『祭具』とあったから、何らかの祭りの関係者だろう。その祭りについてと、あとは『竜の調達』について知らないか街の住人に訊《たず》ねて……、アグナス山と竜の関係がわかれば万々歳だ。ついでに誰《だれ》かが竜の心臓を持ってたら手っ取り早いな」

「あれこれとありますが……。探す方法はどうします？　この街に図書館はなさそうです」

「ひとつ心当たりがある。あれこれが一気にわかりそうな場所がな」

「へえ、それはどちらに？」

「さあな、住人に訊かないと」

「もしそこでわからなかったら？」

「どうしようもない」

「行き当たりばったりですね……、わかってはいましたが」

「あと時間があれば、アグナス山も見ておきたいところだ」

「あそこに見えているではないですか」

街の外に聳《そび》える黒い影を、ユーイは指差した。

家々の向こう側、まるで圧《の》し掛かるようなアグナス山の威容がある。ごつごつした岩場と厳しい斜面に立つ樹木が描く、鋭角的な曲線が見えた。

「そうじゃなく、実際に調べてみたいんだ」

「鉱脈に入りたいということですか？　採掘中の穴は立入禁止ですし、それ以外の場所には魔獣が出ると聞きます。危険ですよ」

「護衛に冒険者を雇えば問題ない」

「そんなお金があるのですか？」

「今はある」イクスは頷《うなず》いた。「が、値段によっては帰りや修理に充てる金がなくなる」

「やれやれ……」

「どうにか手段がないか……。おっ、と」

ふいに曲がり角から出てきた少年がこちらの腰にぶつかった。イクスは軽くよろめくだけで済んだが、相手は転んでしまった。繕いの多い服が砂に塗れ、膝小僧《ひざこぞう》には血が滲《にじ》んでいる。すぐに懐《ふところ》を探った。掏《す》られたものはない。

「大丈夫か？」

見下ろして言うと、少年は黙って、睨《にら》むようにこちらを見上げた。

「い、イクス！　駄目ですよそんな言い方したら」

ユーイが腰を屈《かが》め、目線を——といっても顔はフードに隠れているが——少年に合わせる。温和な声で話しかけた。

「大丈夫でしたか？　すみません、こちらの不注意で」

「……別に」少年は無愛想に答えた。

「立てますか？　よければ家まで——え？」

起き上がろうとした少年の掌《てのひら》に、小さな赤い輝きが見えた。

二人は息を呑《の》んで、まじまじとそれを見つめた。

「こ、これは僕の！」

視線に気づいて、少年はぎゅっと手を握りしめる。

「どこで手に入れた？」イクスは強い口調で訊ねた。「教えてくれ」

「拾っただけっ！」

「拾ったってどこで――」

さらに追及しようとしたとき、少年が走ってきた路地から、別の子供の喚声が響いてきた。それも一人の声ではない。

「おい待てヘンリー！　逃げんな！　それで男か？」

「あいつ父親いねえから男じゃねえんだよっ」

声を聴くなり、少年は跳ね上がるように躰《からだ》を起こした。

身を低くして、曲がり角に隠れる。

路地から他の子供が現れると同時、彼は両足で地面を踏みきり、先頭の少年を蹴《け》り飛ばした。

「うわっ」

「いってぇ！」

後ろの子供たちも巻き込まれて地面に尻《しり》もちをつく。

蹴った姿勢で少年も地面に倒れていたが、いち早く起き上がると、イクスに向きなおった。

「……ぶつかってごめんなさい」

そしてこちらが話すまえに、脱兎《だっと》のごとく道を駆けていった。あっという間に背中が小さくなり、道を曲がって見えなくなる。

「死ねあのクソ野郎」

「殺すぞヘンリー！」

「調子乗りやがって！」

数秒後、起き上がった子供たちが、罵声を上げて同じ道を走っていった。

彼らの姿も見えなくなったあと、ユーイが思わずといった様子でイクスの顔を見つめた。

「似て——いましたよね？」

「『赤い綺麗《きれい》な石』だったな」イクスはため息をついた。「まあ驚きはしたが、あんな宝石の欠片《かけら》ならどこでも手に入る」

「ええ、私もそう思います。けれど……」

「幸先《さいさき》がいい、と考えておこう」

「……ですね」

二人はしばらくの間、少年が消えていった方向を見ていた。

2

食事と情報を適当に仕入れることになった。イクスが道端の適当な店に入っていき、ユーイも後に続く。するとすぐ、店主が声をかけてきた。

「ああ、そこのあなた、そちらには触れないでいただけますか」

「はい？」

入口の壁際になにか置いてあり、ユーイの背中が当たりそうになっていた。慌てて身を引く。

「気を付けてくださいね」と店主は頷いた。「大切な物なので」

「は、はい、すみません」頭を下げておく。

イクスと店主が会話をしている隙《すき》に振り向くと、そこには古びた木材が置いてあるだけだった。三本の細長い棒で、どれも上部が黒ずんでいる。使い道はよくわからなかった。

興味を失い、店の内装を観察していると、ふと気づくことがあった。

「……装飾がないのですか」

「何か言ったか？」

硬そうなパンを両手に持って、イクスが戻ってきた。ほら、と片方を手渡される。

「レイレストと違う印象を受けた理由です」受け取りつつ、ユーイは言った。「この店内もそうですが、街の建物や内装にほとんど装飾がありません」

「ん？　ああ、言われてみれば――」

中級以上の商店では、自店の格を示すため、また儲《もう》かっている証明のために、店には豪華な装飾を施すのが一般的だった。一口に装飾といっても様々で、壁に彫り物を入れるとか、ちょっとした美術品を置くとか、その手法は千差万別だ。

しかしアグナスルズでは、そうした装飾のある店は少数派で、素朴な店舗が大多数を占めていた。それが物静かな印象を受けた理由だろう。

「ここは新派の街ですからね」

「はい？」

二人が声のほうを見ると、店主の男が低い声で語り掛けてきた。

「ご存じないですか？」彼は首を傾《かし》げる。

「マレー教の宗派、ということは存じていますが……」

「ああ、見識の広い妹さんですね」

「妹ではありません」ユーイはすぐ否定《ひてい》した。フードを深く被っているため、声だけ聞いて判断されるのは仕方ないが。

「ああ、これは失礼を申し上げました」男は一度頭を下げ、笑みを作った。「旧派よりも聖典に準じ、日々の営みに神を見出すのが、我々新派なのです」

「店から装飾を排することと、どんな関係が？」イクスが訊ねた。

もちろん学院でマレー教は学ぶのだが、国教会にとって正統でない新派についてユーイはよく知らなかったし、イクスにも馴染《なじ》みはないのだろう。

「己《おのれ》の職業に邁進《まいしん》する、それこそ神が与え給うた使命なのです。農家は農業に、鉱夫は採掘に、私はこの店の営業に勤《いそ》しむことが神の思し召し。であれば、仕事を通して得られた成果はすなわち神の持ち物といえましょう」

「成果？　というと」

「農作物、鉱石、私であれば金銭です」

「稼ぎが神の持ち物？」

「そのとおり。私が得た金銭は、神から一時預かっているだけのもの。贅沢や、不要な装飾を施すなど、あってはならぬことです。我々聖徒は、清く、慎ましく生きるべきなのです」

「清く慎ましく……。じゃあ、祭りが唯一の散財場ってことか」

「祭り──？」男は眉を顰《ひそ》めた。「まさか、祭りなんて浪費の極《きわ》みです」

「え？」

「あれこそ最も忌むべきものです。浪費、贅沢、なにより卑俗……百害あって一利なし。あんなものは貧乏人を喜ばすばかりで、何の益もありません。定まった職にも就かず、神の御心に逆らう連中の……」

「ま、待て」イクスは手を開いた。「マレー教には祭りが付き物のはずだろう？　肉囲《にくがこい》とか星拝《ほしおがみ》とか……」

「それは旧派が行っている祭りですね」男は鼻を鳴らす。「しかし、聖典にそんな祭りを行えと書いてありますか？　堕落の一途をたどる連中の象徴ですよ、祭りなどというものは。あなたの出身がどちらか存じませんけれど、このアグナスルズにそんな催しは存在しません」

「それは、ここではずっとそうなのか？」

「ええ、少なくとも私が生まれてからは」

「そうか……」イクスは顎《あご》を摩《さす》った。「ところで俺《おれ》たちは人を捜してるんだが」

「はあ……?」

「フルメン、という名を聞いたことは?」

「……? いえ」男は不思議そうに首を傾げた。

そうか、と唸《うな》るとイクスは黙ってしまった。いつにもまして不機嫌な顔つきを浮かべている。せめて店を出るまで我慢できないものだろうか。男も怪訝《けげん》そうにこちらを見ている。

「あの……?」

「あ、お、お話ありがとうございました」慌ててユーイは前に出る。「すいません、彼は少々変な人でして」

「ああいえ、お気になさらず」

「イクス、出ましょう」

彼の背中を押して退店を促す。しかし店を出るまえに、彼女もひとつ気になっていたのを思い出した。

「あの、あちらの――」入口近くにある木材を指差す。「それは、何に使うのですか?」

「ああ……その。何に、と言われましてもね……」意外なことに、店主は困ったような表情を見せた。「何に使うわけでもないんですが」

「え？　大切な物なのでは？」

「まあ、ずっと昔から家にあって、弄《いじ》ったら祖母なんかが豪《えら》い剣幕で怒るものですから、なんとなく置いてあるだけでして……。理由は私にもわからないんです」

「はあ……」ユーイは首を捻《ひね》る。

「まあ、贅沢品や装飾ではありませんから、べつに良いかと」

「それは見ればわかりますけど……」

店を出て、細い道を二人は歩いた。トマたちの姿はもう見えない。そのまま帰ってくれないだろうか、とユーイは思った。

「祭りをしない――か」イクスが呟《つぶや》いた。「マレー教でそんなことがあるとはな」

「ですがそうなると、『祭具出納帳』とはいったい何なのでしょう？　あの方が知らないだけで、昔は祭りがあったのでしょうか」

「たぶんな。しかし……」

物思いに耽《ふけ》って、イクスは黙り込んでしまった。

あの男が言うとおりなら、祭りを探る、という方針は早くも失敗したことになる。もっと言えば、あの「祭具出納帳」がこの街にあったのかも疑わしい。オットーの言うことだから、と信じた自分たちが悪いのだが……。

ユーイは話題を変えることにした。

「新派の考え方は、イクスに通じるところがありますね」

「そうか？」

「ええ。儲けに拘泥《こうでい》せず、己の仕事をこそ生き方と定める――職人の思考ではないでしょうか」

「まあ、金持ちになりたいわけじゃないが……」イクスは淡々と言った。「だが彼らの論理だと、俺が作った杖《つえ》は神の物ってことになる。それは御免だな。杖は人の物だ」

「そうですか……」

先ほどのヘンリーという少年のことを、ユーイは思い出した。

彼の持っていた石がやけに頭に残っている。

ふと彼女は呟いた。

「なぜ竜はいなくなったのでしょう？」

「いきなりどうした？」

「あ……いえ」そんな疑問が自分の口から出たことに驚きながらも、ユーイは考える。「伝説によれば、竜は無限の魔力と、強大な膂力《りょりょく》を持った生物のはずです」

「竜の魔法――か」

「ええ。彼らは想像の及《およ》ぶすべてを実現できた、と謳《うた》われています。竜に較べれば、人間など塵芥《じんかい》に過ぎません。だというのに、なぜ竜は絶滅し、人間はこうも大地に栄えているのか……と、何となく思ったのです。無限の魔力を持つのに、どうして絶滅するのでしょう？」

「たしかにそうだが……、とはいえ、ただの伝説だからな。多少おかしな点もあるだろう」

「王国になにか伝わっていないのですか？」

「やけに拘泥《こだわ》るな」

「疑わしいとはいえ、私たちは本気で竜を探しているのですよ？　突き詰めて考えれば、なにかわかるかもしれません」

「うん……。いや、理由について記された伝説はなかったはずだ。徐々に数を減らしていった、という内容しか知らない。どこの伝説もそうじゃないか？」

ユーイの知っている内容も同じだった。やはり竜は伝説の存在にすぎず、整合性がないのは当然なのだろうか。

いや――しかし、と彼女は考える。

伝説に整合性が不要ならば、竜が絶滅した理由こそ何とでも説明するはずでは？　世界中の伝説が『竜が絶滅した理由はわからない』で一致するなら、それこそ竜が実在した証拠ではないだろうか。

まあ、それは思い付きだ。代わりに彼女は訊ねた。

「どう思います、イクスはその理由について？」

そうだな、と呟いて、彼は二秒ほど黙りこんだ。

「無限の魔力も、強大な膂力も、無から生まれるわけじゃないだろう」イクスはゆっくり喋《しゃべ》った。「巨大な力を使うには、膨大な燃料を消費する。元々どうやって得ていたかわからないが、それが賄えなくなったんじゃないか？」

「では、力を使わなければいいのでは？」

「うーん……」

思いつきの反論だったが、イクスは真剣に悩んでいた。

彼は難しい顔をしながら答えた。

「たぶん躰の問題だな。伝説によれば竜は小山のような大きさだった。力を使わなくとも、維持するだけで大変なはずだ」

「ああ、なるほど」

納得してユーイは手を打った。軽い衝撃で、パンから細かい粉がさらさら落ちていく。

そのとき前方から強い風が吹きつけた。

フードを押さえ、ユーイは立ち止まる。

パンから落ちた粉は、地面に落ちるまえに風に攫《さら》われ、空気に溶け込んだように見えなくなった。

風がやむ。

「ユーイ、大丈夫か？」

砂塵《さじん》を吸いこんだらしい、イクスが咳《せ》き込《こ》みながらこちらを見た。

「――小さかったら、どうです？」

考えるまえにユーイは口を開いていた。

「え？」

「竜が、伝説のような巨体ではなく、ごくごく小さな、それこそ砂粒のような大きさの生物だとしたら、どうでしょう」

「維持の燃料が不要なくらいにってことか」

「はい。それなら、絶滅せず今も生きているのでは？」

「有り得ないな」彼は首を振る。「じゃあ伝説を言い伝えた奴《やつ》は、どうやって竜の存在を知った？　どうして巨体なんて嘘《うそ》を吐いた？」

「そうではありません。昔は大きかったのです」

「どういう意味だ」

「巨体を支えられないと知って、竜たちは少しずつ、躰を縮めたのではないでしょうか。徐々に小さくなっていき、やがては目に見えないほどに」

「仮説にしては思いつきに頼りすぎの気がするが……」

「でも証拠はあるのですよ」

「何だって？」

「私の杖の芯《しん》材です」

そう言うと、イクスは怪訝な表情を浮かべた。

「つまり、私が考えているのはこういうことです。この芯材に使われているのは、『竜の心臓の一部』ではなく、『竜の心臓そのもの』ではないか――？　このくらいの心臓ならば、全身の大きさは蜥蜴《とかげ》くらいになりましょう。昔は小山、芯材が手に入ったときには蜥蜴、そして今は砂粒……と、段階的に小さくなったのです。それなら、竜は絶滅したのではなく、形を変えて生き残っているとも考えられませんか？」

「それは……、しかし」

イクスの困惑した表情を見て、ユーイは我に返った。

「あ、す、すみません、ただの思いつきを……。第一、もしそうなら、その記録が残っていますよね」

「いや、発想としては面白かった」イクスは頷く。「竜が生きている――か。真剣に考えたことはなかったが、仮にそうだとして、小さくなったから消えたように見えた、というのは妥当な推論だ」

「他に理由が思いつくのですか？」

「まあ、どれも現実的じゃないが」

「……あ。わかりました、透明ですね？」

「それもある」

「それも？」

「つまりその逆に――――、あっと」言いかけて、イクスは足を止めた。「ここか」

「はい？」

数歩行き過ぎて、ユーイも止まった。そういえば自分たちはどこへ向かっているのか、まだ聞いていなかった。何となくイクスの先導に任せていたが……。

「宿ですか？」

「違う。さっきの店で場所を訊いたんだ。言っただろう？　一気にわかりそうな場所があるって」

イクスが指した先、巨大な倉庫のような地味な建築があった。傍《かたわ》らには小さな墓地があったが、最近は使われていないように見えた。

「教会……？」

「そのはずだが」イクスは首を傾げた。「にしても、地味だな」

3

教会に人は疎らだった。

教区の集会所としても使われるからだろう、中は広々としており、余計に閑散としている印象を受けた。入口近くに数人ほど、裕福そうな教徒が集まっていた。歓談に興じている。

　これまでの街並みと同じく、この教会もいっさいの装飾を排していた。色硝子《ガラス》や絵画、彫刻といった類《たぐい》の美術品はない。奥の壁には、木で造られたマレー教を象徴する記号、そして古びた長杖が飾られていた。遠目に一瞥《いちべつ》した限りだが、かなり良質の杖に見える。

　教会が長杖を持つのは一般的なことで、ムンジルの店にもしばしば依頼が舞い込んでいた。単純に装飾として見栄えが良いこともあるが、教徒への奉仕で魔法を使うことも多いという。教役者になるには魔法の技術が必須らしい。

　この教会の教役者――新派で言うところの賢徒――は、立派に蓄えられた髭《ひげ》と平板な顔つきが印象的な男だった。「オスト・ユブです」と短く名乗り、微笑みと無表情の間くらいの顔で落ち着いて二人を迎えた。

「エガ・フルメン……ですか」さっそく質問すると、彼は首を傾げて応《こた》えた。

「そうだ。フルメンという姓だけでもいい。聞いたことは？」腕組みをして、イクスはきいた。

「残念ながら、ありませんね」

「この街に住んでいたはずです」とユーイも訊ねる。

「私は派遣されてきた賢徒です。私が来てから洗礼を受けた方や、熱心な聖徒の方ならばわかるのですが、昔の住民となると、お力には……」

「だから自分たちで探したい、と言っている」

「惜しみなくご協力します、と言いたいところですが」オストは首を振る。「この教会に受け継がれてきた、とても大切なものなのですよ――洗礼台帳というのは」

「わかったうえで、見せてくれと頼んでいる」

「しかしですね――」

真面目な賢徒はなかなか首を縦に振らなかった。

イクスが教会にやってきたのは、もちろんエガ・フルメンを探すためだ。

人を探すといっても、道行く人に訊ねて廻るわけにはいかない。確実かもしれないが、そんな時間はない。そこで思いついたのが、教会の洗礼台帳だった。教区住人それぞれの名前、洗礼を受けた日付を記録した台帳である。人物によっては、死亡時期や血縁まで詳述される。

エガ・フルメンは「祭具出納帳」を持っていた。つまり、それなりに立場のある人物だったばかりか、教会関係者である可能性が高い。であれば洗礼台帳には大きく記されているはずだ、と推測できる。まあその祭り自体がないという話だし、ぴんときていないオストの様子を見るに、どうも望み薄のようだが……。

押し問答を続けていると、揉《も》めている気配を察したのだろう、入口にいた教徒たちが教会を出ていった。いい加減鬱陶しくなってきたのか、「わかりました、わかりました」とオストは両手を開いた。

「見せてくれるのか?」

「ずいぶん熱心なご様子ですから。なにか身許を保証するものはお持ちですか?」

「身許……」

「あ、私はいちおうですが」とユーイが懐を探る。「王立学院の生徒です。確かな身分……ですよね？」

「おや、学生さんですか。ええ、もちろんですよ」オストは手を揉んだ。「それで、もう一方は──」

「杖職人の見習いだ」

「見習いさん？」オストは眉間に皺を寄せた。「すると、組合証のようなものは？」

「いや、それが持てるのは職人に限られる」

「では残念ですが、お嬢さんのみご案内するということで……」

「すみません、無理なことを言っている自覚はありますが、彼も何とかなりませんか？」ユーイが口を挟んだ。「ええと、例えば私が彼の身許を保証するとか、肩書は見習いですが、イクスは立派な杖職人ですし──」

「立派と言われましても……。ちなみに、どちらの見習いさんですか？」

「ムンジル・アルレフです」

「は？」

「ま、まあ、もう亡くなっていますので、現在はそのお弟子さんの店に勤めているのですが……」

厳密にいえばモルナの店に勤めているわけでもないのだが、イクスは黙っていた。今は洗礼台帳を見るのが優先だ。

「ムンジル様の見習い――？」オストはちらりと奥の長杖に視線を向けた。

「疑う気持ちはわかりますが、その……」

「あの杖か」

「はい？」

オストとユーイの声が重なった。

気にせず、イクスは奥の長杖に近づいていった。数歩手前で立ち止まると、直接手は触れず、間近でじっと観察する。やはり先ほど見立てたとおりの逸品。よく整備され、年季の入った杖だ。

「あの、何か……」

困惑した様子のオストが、背後から声をかけてきた。

「ムンジルの杖だな」

「え？」

「……なるほど、堅牢なつくりをしてる」杖から目を離さず、イクスは続ける。「撓屈率《とうくつ》を抑えるために分岐点を早くしたのか？　師匠ならやるだろうが」

「あの、よろしいですか？」

肩を叩《たた》かれ、イクスは振り返る。訝《いぶか》る表情のオストが立っていた。

「間違っていたか？」

「間違っているというか……。ええ、たしかにこれは若き日のムンジル様が作り、この教会に納められた杖ですよ。しかしですね、それを言い当てたからといって信用はできません。少し詳しい聖徒に聞けばわかることです」

「何を言っている？」イクスは片目を細めた。「言い当てるもなにも、こんなのは杖職人だったら誰でもわかる。別にムンジルの弟子だと認めてもらいたいわけじゃない」

「なら、何をしたいんですか」オストは憮然《ぶぜん》として言った。

「多少は信頼できる見習いだ、と思ってもらいたいだけだ」

「はあ……、それで？」

「この杖、ここ最近は使ってないな」

「え？　ええ、そうですが」

「日々の手入れは完璧《かんぺき》だ。だが……、これは不運としか言いようがない。師匠もそこまでは予測できないだろう」

「そろそろ本題に入ってほしいんですが」

「本題ね……」

はあ、と思わずため息が漏《も》れる。正直言って嫌で厭《いや》でたまらないが、これも必要なことだ、と自分を納得させ、鞄に手を突っ込む。

「ああ、まったく」

取り出したのは、ほんの小さな瓶《びん》だった。中に黄色い薬液が揺れている。

「それは?」ユーイがきいた。

「ケスガの補修剤だ」

その返答を聞くや否《いな》や、オストが素《す》っ頓狂《とんきょう》な声を上げた。

「何ですって? え、なんで持ってるんですか?」

「あの義姉《あね》はこれだから……」イクスは忌々《いまいま》しげに首を振った。「これで少しは信頼してもらえるか、オスト?」

「え、ええ……。そうですね、たしかに見習いさんのようで……」

小瓶《こびん》を受け取り、彼は何度も頷いた。

洗礼台帳は地下の物置にあるとのことで、二人は教会の奥にある階段に案内された。狭い通路を降りていくと、饐《す》えた臭いが鼻孔を衝《つ》いた。納骨堂の一部を物置にしているらしく、死臭はそのせいだろう。さらに黴《かび》や鼠《ねずみ》の糞の臭いが淀《よど》んだ空気に漂っている。

地下は薄暗く、灯りなしには何も見えそうになかった。オストは慣れた様子で歩いていき、壁に固定された棚の前で止まった。

「これですね」彼は棚から大きな本や紙束を取り出し、手前の机に広げた。「ここからこちらが、洗礼台帳になります」

「これは、昔の記録がそのまま残ってるのか？」イクスが訊ねた。

「え？　はい、そうです。この街は敬虔《けいけん》な聖徒が多いですからね。必然、量も多くなります」

「なるほど」

「地下から持ち出さなければ、ご自由に見ていただいて構いません。補修剤のお礼、というわけではありませんが……、いえ、ともかく私も助かりましたから」

「ありがとうございます」ユーイは頭を下げた。

イクスとユーイは視線を交わし、頷いた。さっそく調べることにする。

それにしても洗礼台帳は頭痛のしてくるような代物だった。

古びた紙を、掠《かす》れた文字がびっしり埋め尽くしている。文字は極めて小さく、走り書きのような箇所も多い。この薄暗い部屋では、読むだけで一苦労だ。紙魚《シミ》を払い落とし、イクスは顔を顰《しか》めた。

同じことを考えたのか、ユーイが言った。

「やっと文字から離れられたと思ったのに、またこれですか」

「それこそ一発で解決する魔法があれば楽なんだが」イクスは額を押さえて俯《うつむ》いた。「今まで誰もやっていないことをやるんだ。地道な手段をとるしかない。最短距離がわかるのは、すべて終わったあとだ」

そのとき、上階からオストを呼ぶ声がした。地下室内で幾度か反響する。「失礼します」と一礼して、彼は階段を昇っていった。

教役者というのは教会管理だけでなく、各教区の相談役、世話役的な役割も果たしている。色々と忙しいのだろう。

ユーイがこちらを見据えていた。

「手を止めるなよ。時間はない」台帳を片手に持ってみせる。「分けるぞ」

「わかっています。……ところで何だったのですか、あの小瓶は?」

「ああ、ケスガの補修剤か」イクスは手を動かしながら言った。「ケスガというのは、あの杖に使われていた木材の名前だ。見かけることは少ないが」

「樹の名前、ということはわかります。なぜその補修剤――ですか? そもそも、補修剤が何かわからないのですが……、それがあんなにも有難《ありがた》がられたのです?」ユーイは揺れる灯りに照らして台帳を流し読み、仕分けしていく。

「実際有難い存在だからだ」イクスは説明した。「長杖――それも何万回と魔力を通された杖は、どうしても撓屈して安定性が下がる。短杖は多少撓《たわ》んだところで影響は小さいが、長杖ではそうもいかない。魔力を一様に保てないと結界が崩れる」

「あまり聞かない話ですが」

「それだけ使いこまれた長杖っていうのは、ただの美術品として保管されることが多いからな。それこそこういう教会にはよくある話だが……ともかく、その撓屈を直すときに使うのが補修剤だ。これを塗ると一時的に木材が緩《ゆる》むから、そのあいだに撓屈を修正する。ただ、一部の木材には専用の補修剤を使わないといけない。合わないものを塗ると、あっさり割れたりする」

「専用だからあまり数が作られていないのですね。それで有難がった、と」

「いや、ケスガの補修剤だけが特殊なんだ。……ルクッタ戦役の影響で、原料を主に採ってた森が焼けて、生産が停《と》まっている。在庫はまだあるんだろうが、価格がずっと高騰している。今ではなかなか手に入らない」

「なるほど」ユーイは表情を変えなかった。「あれ？　なぜイクスはそれを持ってきたのです？　そんな有難い存在を」

「……俺じゃない」イクスは厭そうに答えた。「義姉さんだ」

「モルナさん――が、何です？」

「だから、用意された荷物に入ってたんだよ。ケスガの補修剤だけ、ぽんとな」

「……偶然でしょうか？」

「いや……、以前どこかで、師匠が作った杖――ケスガの杖が、この街の教会にあることを知ったんだろう。そして作った時期、教会という場所からして、補修剤が必要になっているころだと予測して……。教会に行くとは言わなかったが、なにかの助けになればと思って紛《まぎ》れ込ませた」

「そ、そんな予測、できますか？」ユーイは数度瞬いた。

「無理だ――と思いたいが」俯いてイクスは言った。「しかし実際当たっている以上、義姉さんにはできるらしい」

「……まあ、それならそれで、出発まえに教えていただきたかったですね」

「だからあの義姉は始末が悪いんだよ」イクスは珍しく声を荒らげた。「どうせ『偉そうに予想して外れてたら気まずいから』――とかそんな理由で黙ってたに違いないんだ。まったく、あれだけ才能があるくせに、どうしてこうも……」

そのとき、がたりと音がして、二人は会話を止めた。

耳を澄ませたが、他の音は聞こえない。上階でなにかが倒れたのだろう。

二人は息を吐いた。

ちょうど台帳を分け終わったところだ。

目の前の机には、二つの山が出来ていた。

イクスは腕組みをする。

「基準は何だ？」

「時代ですね」ユーイが静かに答えた。「およそ百年以上まえの台帳は、どれも最近作られたものです。偽物《にせもの》……かは判断できませんが」

彼らが調べていたのは、そこに書かれている名前ではなく、台帳そのものだった。

昔から受け継がれてきた洗礼台帳は、当然古びた書物のはずだ。しかし取り出された台帳のなかには、どう見ても最近作られたものが混じっていた。古く見せかけてはいるものの、紙質や虫食いの程度が明らかに違う。あの図書館で新旧織り交ぜ、散々に本を漁った二人である。一瞥《いちべつ》して違和感を覚え、触れた時点で確信に変わった。そこでエガ・フルメンを探すよりさきに、そちらを調べることにした。オストが去ってから二人はその仕分けを行っていたのだ。結果は見てのとおりである。イクスは肩を竦《すく》めた。

「昔の記録がそのまま残ってる、か。嘘を吐いたのか、あるいはそう信じているのか……。ともあれ、火事で焼失したのを修復したとか、虫食いのために書き写したとかなら、そう言えばいいはずだ。ということは――」

「そもそもその記録がない、ですかね？」思案顔のユーイが言った。「この教会が出来たのがそこまで昔ではない、とか」

「あり得る話だが、だからって偽装する必要はないだろう」

「昔は旧派の教会だった――といったところではないでしょうか。途中で新派が取って代わり、旧派のころの台帳を捨ててしまったのでは？　それを誤魔化《ごまか》すために、とか」

「そんな無駄な手間をかけるか？　引き継いで使えばいい」

「ううん、では旧派以外のなにか――」

「待て」とイクスが片手を開く。

階段を降りてくる足音がしていた。

二人は急いで山を崩し、もとあったように並べる。それぞれ適当な頁を開き、ずっと調べものをしていたように取り繕った。

「とにかく、なにかが妙だ」そうユーイに囁《ささや》きかける。「台帳も調べたいが、こっちも調べたほうがいいな」

「そのようですね」

慌てたせいで埃《ほこり》が舞い上がり、イクスとユーイは同時にくしゃみした。

4

それから数日が経《た》ったが、調査は難航していた。

オストの紹介で、二人は一般教徒の家に泊まっていた。屋根を借りているだけという感じだが、この街に宿屋はほぼないらしく、充分に助かっている。その家を拠点に、洗礼台帳を調べたり、街の住人に話を聞いたりしていた。

しかしまだこれといった手掛かりは摑《つか》めていない。

洗礼台帳をいくら調べてもフルメン姓は見つからず、住民に話を聞いても、さすがに百年まえのことを憶えている人間などいるはずがない。

「さあねえ……」と目の前の女店主も首を傾げてみせた。「百年っていったら、私の婆《ばあ》さんが生まれた時分だからねえ、その婆さんも惚《ぼ》けて死んじまったし、そのころと言ってもねえ」

「そうですか……」ユーイは俯いた。

「ああそれに、さっき言ってたけど、昔旧派の街だったたって話も聞かないよ。うちはその婆さんの代で移り住んできた家だけど、そのときから……えっと、七十年くらいまえかねえ、ずっと新派だったはずさ」

予想通りの答だった。もっと昔のことを知る住人にも話を聞いたが、みな昔から新派を信仰していたという。もちろん旧派のあとに新派が誕生したのだから、それ以降は、という意味なのだろうが、それにしたって百年以上まえのことだ。

祭りについて、竜について、アグナス山について、と訊ねてみたが、やはり何の情報も出てこない。祭りは行わないし、竜は知らないし、店主の知合いが鉱夫で、最近新たな鉱脈を拓《ひら》いたという話をされただけだった。

「まあ大したことはないよ」と彼女は言った。「掘ってりゃそのうち壁にぶつかる。そしたら新しい鉱脈を探す。見つかったら壁にぶつかるまで掘る、鉱山なんてそれがずっと続くだけさね」

帰り際になって、手分けして近くの店に話を聞きにいっていたイクスが戻ってきた。「どうだ？」と視線で訊ねてくる。

「あ、ええと、こちらの方も……」

「ははは、何も知らなくて悪いねえ」店主は面白そうに腕を組んだ。

「す、すみません」

「……こっちの店にはないんだな」店を見廻したイクスが呟いた。

「何の話だね、お兄さん？」

「棒だ。あの、三本組のがあるだろう」

彼が言っているのは、以前訪れた店の玄関横に置いてあった謎《なぞ》の棒のことだ。三本組で細長く、上部が黒ずんでいる。街で話を聞くうちにわかったことだが、あの棒を持っている店や家が他にもあったのだ。この店には置かれていないようだが。

「ああ、あれねえ」店主は首を回した。「あれがあるのは旧《ふる》い店や家だからね。うちみたいな新参者は持ってないんだよ」

「旧家の証明――ということか？」

「いやいや、そんなんじゃないよ。昔からあるから、何となく放っといてるってだけじゃないかねえ？　何か役に立つわけでもなし、最近じゃ邪魔だからっつって、捨てる家も多いって聞くけど」

これが洗礼台帳のほかに見つかった奇妙な点といえなくもないが、とはいえただの棒。その程度の無意味な風習や習慣、探せばどこの街にもあるだろう。

「あ、では失礼します。お話、ありがとうございました」ユーイは頭を下げる。

「こっちこそ、まあ静かなだけが取り柄の街だからねえ、人が来るなんて珍しくて、愉《たの》しかったよ」店主は笑みを浮かべた。

店を出て、しばらく歩いた。小奇麗《こぎれい》な界隈を抜ける。

先ほどの店主は静かなだけが取り柄の街、と言っていたが、それは彼ら上層民――富裕な農民や商工業者が住む界隈の話であって、そこを外れると街は様変わりする。貧者や浮浪者など、下層民の暮らす一帯になるのだ。

荒れた道を歩きながら考える。

この街は二つに分かれている、と数日過ごすうちにユーイは感じていた。

上層民の人々は、そのほとんどが敬虔な新派だ。彼らは働くことに教理を見出し、働かず――あるいは働けず――貧しい人々を毛嫌いしている。己の使命を果たしていない、と考えるらしい。まるで貧しい人々が目に入らないかのようにふるまう。

いっぽうで下層民は、洗礼は受けているものの、熱心な教徒といえるのは少数派だ。それがまた上層民の癇《かん》に障り、彼らの怒りを増幅させているわけだが……。

上層と下層に二分され、両者の交流はほとんどない。交流がないぶん揉《も》め事《ごと》も起きない。平和といえば平和といえる。苛《いじ》めも初日に見たあの一件きりだ。

アグナスルズはそういう街だった。

エガ・フルメンは洗礼を受けていない下層民であり、だから洗礼台帳に載っていないのかもしれない、と考えて二人はこの地域も調べているのだが、そうなるといよいよ一人ひとり訊いて廻るしかない。そんな当てずっぽうが上手《うま》くいくとは到底思えなかった。

結局こちらの調査でも——ある意味期待通りに——成果はなく、ユーイはその場にしゃがみこんだ。はあ、と息をつく。傍らを見上げると、イクスも不機嫌そうに顔を顰めていた。

太い路《みち》が交差してちょっとした広場になっている場所に二人はいた。目の前を大勢の人々が行き交っている。見世物や露天商も集まっており騒がしい。彼らの多くは、そうする以外に職のない浮浪民だった。

「あれは……?」ユーイは呟いた。

「どうした?」イクスが面をもたげる。

「いえ、あれ——」

視線の先を指差す。

広場の中央が、少しだけ盛り上がっていた。

茶色い砂が集められ、小山のようになっている。奇妙なのは、あれだけ大勢の人々がいるのに、皆そこを避けて歩いていることだ。人波の中に、ぽっかりと不自然な穴が空いている。

この広場は何度か通っているけれど、足を止めてじっくり眺めることはなかった。そうしなくては気づけないほど住民の足取りが自然だったのだ。

「何だあれは」イクスは眉間に皺を寄せた。

「さあ……」

「訊きにいくか」

「え？」

言うが早いか、さっさとイクスは歩き出していた。

端のほうに座りこんでいる男を見つけ、彼は声をかけた。男の横には派手な色の道具が置いてある。路上芸人らしい。

「今は休憩中だ」男はぶっきらぼうに言った。

「あそこ――」相手の声が聞こえていないかのように、広場の中央をイクスは指差した。「あの砂山は何だ？　なぜ避けて歩いている」

「…………」

男はじろりとイクスを睨《にら》んだ。

険悪な空気になりかけたとき、ようやくユーイは追い付いた。

「あ、も、申し訳ありません！　すみません、この男はどうしようもない無礼者でして、その、お気を確かに……」

慌てて頓珍漢な言葉を口走る彼女を、男は怪訝《けげん》な顔で見やった。女性の声であることに少々驚いたようだった。

不思議そうに瞬くイクスを、ユーイは睨んだ。

「イクス、あなたはなぜそうも礼儀を知らないのですか」

「休憩中だから時間がある、という意味かと——」

「あのですね……」

はっ、と笑う声がした。

二人がそちらを見ると、芸人の男が苦笑を漏らしている。

「わかったよ、だから俺の前でそう揉めるな」

「ああ、ご迷惑をおかけして——」

「それはいいからさ。何がどうしたって？」彼は伸びあがるようにして、広場を見つめた。

「ああ……、フルメニーニアか」

「山の瞳《フルメニーニア》？」イクスが呟いた。

「ご存じなのですか？」

「いや、まったく知らないが」彼は首を振る。「王国古代語の響きだ。共通語にすると、『山の瞳』——ぐらいの意味になる」

なるほど、とユーイは頷く。

「へえ、そんな意味だったのか？」目の前の男も目を丸くした。

「え、あ、あの。なぜあなたも感心しているのですか」思わずユーイは言った。「意味も知らずにそう呼んでいたと？」

「そうだなあ……、俺だけじゃなく、意味を知ってる奴なんていないと思うけどな」男は顎を擦《こす》る。「だいたい、あれが何なのかも知らねえし」

「知らない？　何に使うものかも？」

「ああ。っていうか、あれが役に立ってるところなんて見たことないぞ」

「で、では、なぜ踏まないのかは？」

「知らんなあ」

「名前は知っているのに？」

「ああ。まあ名前はな、なんか皆そう呼んでるから、何となく、だな」

「だな、と言われましても……」ユーイは茫然《ぼうぜん》と呟いた。「では、あれを踏んではいけない、という法などはないのですか」

「ねえけど、まあ、何となくそうなってるっつうか……」

その後もいくつか訊いてみたが、男の説明はどうも要領を得なかった。そんな漠然とした決まりがあるだろうか、とユーイは思う。

口もとに手を当てて考えこんでいたイクスが、「じゃあ」と口を開いた。

「例えば、今から俺たちがあれを踏んだら、どうなるんだ？」

「はあ？」男は本気で理解できない、という顔になった。「何でそんなことするんだよ。駄目だろそれは」

「駄目なのか」

「あ、ああ。そりゃお前……余所者《よそ》だからって、よくそんなこと考えられるな」

「じゃあ、金をやるからあれを踏んでくれ、と頼まれたらおまえはどうする？」

「やるわけないだろ」男は不愉快そうに鼻を鳴らす。

「違う奴に頼んだら？」

「少なくともこの街で、首を縦に振る奴はいないだろうね」

「そうか」イクスは納得したように頷いた。「参考になった」

そのまま歩いて行こうとするので、ユーイも礼を述べて頭を下げた。

「急にすみませんでした……。お騒がせしました」

「なんだよ、見てかないのか、俺の芸」男は片眉を上げる。

「え、休憩中なのでは？」

5

人通りの多い路を歩きながら、イクスが口を開いた。

「どう思う？」

「何がです？」あえてユーイは訊き返した。

「フルメニーニアと、フルメン」イクスは前を向いたまま話す。「似てるよな？」

「まあ、ええ、そうですね。子どもっぽい語呂ではありますが」

「理由を知らないのに誰も触れない砂山《フルメニーニア》。同じく、なぜか大切にされている三本の棒きれ。偽装された昔の洗礼記録。そのうえ存在しないはずの『祭具出納帳』と、それを書いたエガ・フルメン」再びイクスは言った。「ユーイはどう思う？」

「自信のない推論だからと言って、私に押し付けないでください」ユーイはため息をひとつ。

「悪《あ》し様に言っていたモルナさんと同じことをしていますよ」

「わかった、俺の考えを話そう」イクスは顔を顰めた。「結論から言えば――薄弱な根拠ではあるが――昔この街には、なにか土着の信仰があったんだろう」

自分と同じ考えだった。

一瞬こちらの顔を窺って、イクスは続ける。

「約百年まえ、国教会が成立した。それに伴って王国中に教役者が送りこまれた。そのなかには当時あまり認知されていなかった新派の賢徒も雑《ま》じっていた。そうして旧派は権勢を強め、新派は普及し、マレー教のなかった街――地方の信仰は根絶やしにされた」

このアグナスルズもそうだったに違いない、と彼は主張した。

「おそらく砂山と棒きれは――祭具か偶像かわからないが――その信仰の名残《なごり》だ。宗教を失《な》くしても、人々に根付いた意識はなかなか変わらない。『あれに触れてはいけない』、『これは大切に扱わねばならない』……そういう畏敬や禁忌は、じゃあ今日から守らなくていいぞ、と言われて破れるものじゃない。世代が変わっても、子は親を真似《まね》して育つ。そうしてずっと受け継がれてきたんだ」

「起源や理由を忘れてなお残る畏敬、ですか」ユーイは微笑んだ。「強引《ごういん》な展開ではありますが、ええ、続きを聞きましょう」

「その宗教には独自の祭りがあって、エガ・フルメンはその関係者だった。だがこの街に来た新派の賢徒によって、祭りは宗教ごと消し飛ばされた。俺たちが見つけた『祭具出納帳』は、そのとき没収されたものだろう」

「では、洗礼台帳を偽装した理由は？」

「その宗教を真に消し去るためだ。六、七十年も経てば住人は総代わりして、それ以前を知る者はいなくなる。過去を語れるのは記録だけだ。俺たちが調べたようにな。逆にいえば、記録を創れば歴史が造れる。ここは昔からマレー教の街だった、と見せかけることができる。普通はそこまで徹底しないはずだが」

「よほど人気のある宗教だったのでしょうか」

「あるいはその逆、だな」イクスは顎に手を当てた。「例えば祭司が富を独占していたとかで、当時の住人から恨まれていたのかもしれない。痕跡すら残したくないほどに」

そして、と彼は言った。

「あの出納帳の書き込みを信じるなら――」

「その宗教は『竜』と関わりがあった」ユーイが言葉を継いだ。

二人の視線が交錯する。

今の推論はどうだろう、と彼女は考える。

これといった破綻はない。ある程度の整合性は取れているように思われるが――いや、落ち着こう。たしかに筋は通っている。だがしかし、そもそも通すべき筋が少ないのだ。手許にはほんのわずかな手掛かりしかない。その気になれば、適当な想像でも矛盾なくまとめきれるだろう。

これはあくまで推測だ。頭から信じこむのは危うい。

そう弁《わきま》えたうえでユーイは訊ねた。

「イクスの考えが正しいとすると、私たちの探し物はずっと昔に無くなっていた、ということになりますが、どうするのですか？」

「うん、それは……」予想外の質問だったのか、イクスは言《い》い淀んだ。「そうだな、街の老人に絞って話を聞くとか……」

「私たちにそんな時間がありますか？」

「いや……」

この街にいったい何人の老人がいることか……。

何だか気が抜けて、二人は顔を見あわせた。

斜めの陽射《ひざ》しが影を長く伸ばしていた。

「……今日の調査は終わろう」イクスは肩を竦《すく》めた。

「そうですね」と同意する。

「さきに行っててくれ。俺はちょっと寄っていくところがある」

「え？　はい、わかりました」

そこで二人は別れ、ユーイは帰路に就いたのだが、少しして彼女は足を止めた。

たしか……以前もこうやって彼は襲われた。

建前《たてまえ》とはいえ、いちおう護《まも》るために彼女は随《つ》いてきたのである。何の用事か知らないが、なにしろイクスのことだ。また厄介事に巻き込まれないとも限らない。

ユーイは踵《かかと》を回《めぐ》らせた。

早足で戻ったお蔭か、曲がり角へ消えていくイクスの横顔をぎりぎり見つけた。急いで同じ角を曲がった彼女は、しかし咄嗟《とっさ》に身を隠した。

イクスは一人ではなかった。

横に誰か連れている。

——トマ？

彼らは何事かを話しながら、先へ歩いていく。

なぜあの二人が……。

混乱しながらも、身を隠して跡を尾《つ》ける。

やがて彼らは、物静かな路地に入ったところで立ち止まった。その角に張り付いて、ユーイはそっと二人の顔を窺う。ずいぶん真剣な表情をしていた。

「時間を取らせたな」

「いえ、イクスさんのお願いですから……」

表通りから距離があるとはいえ、ここにも喧噪《けんそう》は響いてくる。ユーイは注意深く耳をそばだてた。

「単刀直入に言う」イクスが口を開く。「冒険者としての三人に力を貸してもらいたい」

「何でしょうか」

「アグナス山の鉱脈に入りたい」

「鉱脈に一般人は立入禁止、と聞きましたが」

「採掘中の穴じゃない。もう使われてない、廃鉱になったほうだ。魔獣が出るらしいから、護衛を頼みたい」

「普通に組合に依頼するのは駄目なんですか？」

「一つには時間がない。この街には組合がないが、別の街まで暢気《のんき》に連絡している場合じゃないし、受けてくれる人間がいるかも不明だ。その点おまえたちはこの街にいて、いつでも動ける態勢だから都合が好《い》い」

「都合が好い、ときましたか。他の理由は？」

「金の節約だ」イクスは即答する。「魔獣が棲《す》みついてるうえに、採取できるものもない。冒険者にとっては旨味《うまみ》のない依頼だ。高額の報酬を用意しないと、誰も受けてくれないだろう」

「それで組合を通さず、直接僕に？」

「そういうことだ。まえ言っただろ、直接依頼しないかって」

「いや、たしかに言いましたけど」

「宿代が浮いたぶん、少額ではあるが謝礼金も支払おう」

「いえ、額の問題ではなく……」

「こういう頼み方は卑怯《ひきょう》だと思うが」そう言ったわりにイクスは悪びれた様子もない。「俺がレイレストで襲われた原因の一つは、自分で言ってたとおり、明らかにトマ、おまえにある。その弱みに付け込ませてほしい」

「……正直な人ですね」トマは苦笑した。「それを持ち出されると、ええ、僕も返す言葉はありません」

「どうだ？　せっかくアグナスルズに来たんだ。受けてくれないか？」

「うーん……。そうですね、そのまえに訊きたいのですが」

トマは一度横を向いた。彼の目に入らないよう、ユーイは頭を引っ込める。

「それは、ユーイの杖を直すため――なんですよね？」

「ああ。色々と行き詰まっててな、もうこれしか思いつかないんだ」

「わかりました。そういうことであれば報酬は要りません。無料でその依頼、お受けします」

「それは助かるが……。いいのか？　他の二人に確認しなくて」

「彼らもユーイのためと聞けば、反対はしないでしょう。それに僕らが修理の助けになったと知れば、彼女も態度を軟らかくしてくれるかも、という浅ましい狙《ねら》いもあります」

「本人は二度と関わりたくない、と言っていたが」

「まあ、別れ方が別れ方でしたからね……。ですが会話の契機《きっかけ》さえあれば、きっとわかりあえると僕は信じています」

（わかり――あえる？）

その言葉を聞いた途端。

全身の力が抜けるような感覚に襲われた。

ふらりと体勢を崩し、ユーイはその場に踞《うずくま》った。

「ユーイ⁉」イクスが叫ぶのが聞こえた。「なんでここに、いや、大丈夫か――！」

すぐにトマも驚いた声を上げ、駆け寄ってくる。

壁に手を付いて、緩慢な動作で立ち上がった。

「すみ……ません。盗み聞きのような真似《まね》をして……」

「ユーイ、躰は――」

「いえ、大丈夫です。トマさんがいるのに驚いてしまって、それで……」

「ああ、すまない……」申し訳なさそうにトマは眉を曇らせた。「やっぱりまだ家族の仇《かたき》の顔なんて見たくないよね、ごめん……」

「家族の仇?」イクスが呟いた。「それで倒れるようなことがあるのか?」

「それ、は――」

「いや、ユーイ、質問したんじゃない。とにかく躰を休めて――」

その不安そうな顔を見て、肺から空気を絞り出した。

「私と、トマさん、は……」

「話すな、深呼吸をしろ、ユーイ」

「いえ、説明を……私は……っ」

空気が切れ、それでも無理に話そうとすると胃液が上ってきた。前屈《かが》みになってなんとか堪《こら》えた。しかしイクスにはずっと自分の都合で手間をかけさせてきたのだ。事ここに至ってなお話さないのは、あまりに不誠実である。

「僕が……説明します」トマが苦しげな顔で俯いた。「ルクッタ戦役なんです。僕の父親は、あの戦争の指揮官でした。そして父の立てた作戦で、彼女の家族は全員亡《な》くなりました。だからユーイは怒って当然なんです。関わりたくない、と思うのも……」

訥々《とつとつ》と語るトマの声が遠退《とおの》いていく。

ユーイは懸命に息を吸いこんだ。

ああ――まだそんなことを言っているのか。

あれだけ話しても、まだそんな勘違いを……。

「ご心配をかけて申し訳ありません」どうにか感情を整えてそう言った。「イクス、鉱脈を調べるのですね？」

「あ、ああ」

「ではそのあいだは別行動、ということで……。私も街の調査を進めます。どうかお気をつけてください」

「いや、ユーイ――」

「すみません、私の個人的な問題で迷惑をかけて。ですが少し、一人にしてください」

トマを視界に入れて、言葉を区切った。

「これは、私、の……」

それ以上は喉《のど》が詰まったように言葉が出なくなり、ユーイはその場を立ち去った。

何も聞かず、何も見ず、ただひたすらに歩いた。

止まったらもうそれ以上動けなくなるような気がした。

滅茶苦茶《めちゃくちゃ》に道を辿《たど》り、気づいたときには、寝床に横たわっていた。

深くに押しこめていた記憶が浮かんでは、頭の中を回った。

……悲鳴と破裂音だけの記憶。

母も、兄も、いなくなった。

どこかへ消えてしまった。

自分だけ助かった。

父がいたから……。

父に手を引かれ、誰も知らない隠し部屋――たった一人分の空間しかないそこに入った。

何が起きてもここを出るな、声を出すな、と命じられた。

そして杖を受け取った。

なぜ父が杖を渡すのか理解できなかった。

だから訊ねた。

戦わないの？

――戦うとも。杖は他にもある。

死ぬの？

――死ぬ気は毛頭《もうとう》ない。

それなら、どうしてこの杖を？

――それは、ユーイ・ライカ。お前がこの杖に最も相応《ふさわ》しくあれる振り手だからだ。私が迎えに来るまで、それを持ち、生き延びよ。

嘘を吐いている、と思った。
父は自分だけ残して死ぬ気なのだ。
己の象徴たる最強の杖を残していく理由は、それ以外ない。
扉を閉める刹那《せつな》に見せた父の顔をはっきり思い出した。
あの、訪れる死のみを映した瞳――。
（……違う？）
ふいに思考を掠《かす》めるものがあった。
――本当に死ぬ気だったのか？
そうでは、ない？
自分は、同じ顔を知っている。
そうか……あの顔。
あの表情は……。
イクスが杖を扱うときに見せた……。
ようやく呼吸の仕方を思い出したように、小刻みに息を吸った。
躰を震わせ、幾度もしゃっくりした。
目の下が痛かった。
彼女は泣いていた。

6

廃鉱内の魔獣は特徴的な見た目をしていた。

芋虫に手足を付け、そのまま大きくしたような形状をしている。大きくしたといっても、せいぜい両手に乗る程度でしかない。十匹くらいの群れが壁や天井《てんじょう》に張り付いており、近づくと襲ってくる。力は意外と強く、何匹もに捕まれば身動きが取れなくなってしまう。とはいえ動きが機敏というわけではなく、武器を持った冒険者にとっては易《やす》い相手だ。この鉱山ではありふれた存在らしく、名前らしき名前もない。

「……っと」

ダンが右足を振りぬくと、魔獣は腹を大きく凹《へこ》ませ壁に激突した。そのまま動かなくなる。現れる魔獣のほとんどは彼が倒していた。

たまに一、二匹ほど取り逃すのだが、そんな敵はトマが一刀の下に切り伏せてしまう。彼らの前には面白いように魔獣の死骸が積み上がっていく。後衛のロザリアは油断なく周囲に目を光らせているが、今のところ活躍の機会はなさそうだった。

昨日の依頼通り、三人を護衛に従え、イクスはアグナス山内部を調べにきた。もちろんここで竜の心臓が見つかるとは思えないが、実際に見なければわからないこともある。

廃鉱はしばらく平坦《へいたん》な道が続いたあと、いくつかに枝分かれした。トマが大きな地図を取り出し、道の一本を指差した。無言で首を縦に振り、ダンがそちらへ歩いていく。トマは片手に持った短刀で、壁に目印をつけた。

三人はほとんど言葉を交わさず、手慣れた様子でイクスを導いていく。敵が現れたときも同様で、背中に目が付いているかのような連携を見せた。若いのは見た目だけで、中身は熟練の戦士のようだ。

しばらく進んだところで、ダンがはじめて口をきいた。

「にしても、やたら数が多いな。こんなもんなのか？」

「いや、採掘が進んでいる鉱脈にはほとんど出ないらしいよ」トマが答える。彼は事前に鉱山についての情報を集めていた。「廃鉱になって人の出入りがなくなると、こうして魔獣が棲みつくらしい。外に出てくるわけでもないから、放っとかれるそうだけど」

「ふぅん……」ダンは肩を回す。「何喰《く》って生きてんだろうな。こんなとこ、水も飯もなさそうだけど」

「鉱夫のあいだでは穴を食べている、とか言われてるみたいだね」

「穴ァ？」

「ダン、声が大きすぎます」ロザリアが鋭く言った。

「ああ、はいはい」ダンはひらひらと手を振る。「で、穴って何だよ？」

あくまで噂《うわさ》だけどね、とトマは前置きして話した。

「この鉱山――昔からたくさんの鉱石が採られて、掘りつくしたらまた別の鉱脈を見つけて、というのをくり返してるんだけど、そのわりには穴だらけにならないし、崩落事故なんかも起きないらしくって」彼は天井を指差した。「で、それはあの魔獣が穴を食べて塞《ふさ》いでるからだ――って言われてるんだ。実際、昔の鉱脈に入る穴はいつの間にか塞《ふさ》がってしまう。今僕たちがいるのは、つい最近廃鉱になった穴だ」

「はっ、馬鹿馬鹿《ばかばか》しい。穴喰ってどうやって腹を膨らませるんだか」ダンは首を振り、こちらに視線を向けた。「……それで、イクスっつったか？　アンタは何を探してるんだ？　さっきから黙り込んでさ、ユーイの杖を修理するんだろ？」

イクスは軽く肩を竦《すく》めて答に代えた。

「秘密厳守ってわけか」ダンは鼻を鳴らした。「ま、深くは訊かねえけどよ」

「……温かいな」イクスは呟いた。

「あぁ？」

「壁だ」

イクスは左手を壁に当てていた。見た目は冷たい石壁だが、ほのかな熱が伝わってくる。

「そりゃあ……火山だからな。温かいんじゃねえの？」ダンは首を傾げた。

「そうなのか？」

「え、いや、よくは知らねえけど……」

「いや、興味深い。学院で習ったのか？」

じっと見つめられ、ダンは目を泳がせた。

「ちょ、ちょっと俺は先を見てくるわ！」

そう言い残し、足早に奥へ歩いていった。松明《たいまつ》の灯りが遠ざかる。

「ユーイ、何か言ってましたか？」トマがきいた。

「何も」イクスは答える。「一人にしてくれ、と言われている」

前後で歩いているため、こちらからはトマの後姿しか見えない。歩きながら、彼はぽつりぽつりと語り始めた。

「ユーイが学院に来たのは、一年以上まえのことです。本人の意志ではありません。ルクッタから無理やり連れてこられた立場でした」小さな声でも、ここでは反響してよく聞こえる。

「彼女は王家の傍系《ぼうけい》に連なる部族の娘でした。留学という建前で、王国に体《てい》のいい人質に取られたんです。躰の自由は保障されていますが、勝手な出国や、財産を持つことは認められていません。彼女はまともに服も買えない有様《ありさま》でした。当然、学院では酷い目に遭わされていて……。だから僕らの仲間に誘ったんです」

「仲間？　冒険者のか」

「ええ、見てのとおり、ヴコドラクとエルフがいますからね。あまり適切な表現ではないですが、ある意味で似た立場ですし、仲良くなれるかと」

　ヴコドラクもエルフも、過去王国に侵略された歴史を持つ。ルクッタと較べれば遠い昔の話だが、王国民が下に見ているのは間違いない。

　それに、とトマは説明を続けた。

「学院では生徒が冒険者になることを認めていますが、それで得た報酬は、個人の財産ではなく、学院金庫使用権という形で与えられるんです。学院のお金を代わりに使っていい、という体裁ですね。王国法上、これは財産に含まれません。――とまあ、こういう抜け道があるんです。これなら、ユーイも好きにお金を使えます」

「なるほど」

「意外にも、彼女はすぐに僕らの申し出を受けました。王国民と親しくするのが厭じゃないのかと訊いたんですが、『国家の諍《いさか》いを個人の関わりに持ち込むことはしない』と言って、友人になってくれました」

「彼女はそういう性質です」後ろでロザリアが言った。「信じられないほど割り切っているというか、ときに恐ろしくなるほど理性的に物事を判じます」

「理性的？」

　振り返ってロザリアの顔を見た。松明の炎に照らされて、瞳が揺らいでいる。「前を見ないと危ないですよ」と窘《たしな》められ、また前を向いた。

トマが説明を再開する。

「しばらくは問題なく活動していました。ユーイは頭がよくて機転が利《き》くし、魔法も巧《うま》いし、むしろ僕たちが助けられたことのほうが多かったくらいです。自由に使えるお金が出来て、彼女も喜んでくれました。……ですが」

はあ、と彼はため息をついた。

「始まりは使節団でした」

どこかで聞いたな、とイクスは記憶を辿る。たしか――。

「東方の民からの遣い、だったか」

「ええ、そうです。東方の使節が王都にやってきて、学院でも何度か見かけることがありました。そこで、ルクッタ戦役の話題になったんです。……今思えば、彼女の前でそんな話をすることが無神経でした。彼女の理性につい甘えてしまったというか―― いえ、言い訳はしません。イクスさんは、戦役で王国が採った作戦についてご存じですか？」

「村や街を発見次第焼き払い、住人を皆殺しにする―― だろ？」それは師匠の店にいたころ聞いたことがあった。

「え、ええ。よくご存じで……」彼は緊張した様子で続けた。「あれはやむを得ない選択でした。ルクッタはなかなか降伏勧告に応じず、確実に打撃を与える必要がありました。ええ、それでも皆殺しはせず、少しずつ戦線を拡大することもできたでしょう。ですが、あの国は大部分が森林です。丹念に潰《つぶ》していかなければ、いつ後背を刺されるかわかりません。そして」

トマは二度、三度と首を振った。

「作戦を提案したのは、僕の父でした」

「それでユーイの家族は死んだ」

「そうです。彼女の村は焼き払われました。母親と兄は亡くなり、父親が命と引き換えに彼女を逃がしたそうです。……痛ましいことです」

「まったく、酸鼻の極みだ」イクスは平坦な口調で言った。

「その話をしてすぐ、急にユーイは『もう一緒にいられない』と言いました。……いえ、急でも何でもないですね。自分の家族を殺した仇の息子と仲良くしたい、なんて人はいません。当然ですよね？」トマは自嘲《じちょう》するように言った。

「エルフが侵略されたのは、数世代まえのことです」ロザリアが言った。「ですから気持ちがわかる――とは口が裂けても言えませんが、それでも彼女の胸中は察するに余りあります。ダンは……、まあ、彼は物事を深く考える性状ではありませんが、心配しているのは事実です」

「まあ、見ればわかる」

「そして、そのあとでした。彼女の杖が壊れたのは」トマは話を戻した。「僕たちも修理費を払うと申し出ましたが、拒否され、休暇に入るなり姿を消してしまって――」

「俺のところに来た、というわけか」

トマは小さく頷いた。

沈黙の中に足音だけ響いていた。

途中で一度休憩を入れた以外、一行は順調に奥へ進んでいった。トマの地図の精度は高く、迷うこともなかった。

イクスは何度も立ち止まり、壁や地面を丹念に調べた。

廃鉱はずっと下っており、進むにつれ、壁から伝わる温度が上がってきた。地面にはところどころ、アグナス石が落ちている。使い道がない小さな欠片ばかりだ。採掘が行われていた名残《なごり》だろう。

天井をじっと見上げていると、ロザリアが声をかけてきた。

「先ほどから何を調べているんですか？」

「水がない」

「はい？」

「天井や壁には亀裂が走っているが、そこから水が滲《し》みていない」

亀裂からは水の代わりに、砂のように細かなアグナス石が流れ落ちている。

「不思議ですか？」

「いや、不思議というほどでもないが……」

ただ、話に聞いていた洞窟《どうくつ》や鉱脈、あるいは火山と少々違うな、とイクスは感じていた。竜との関連はまったく思いつかないが……。

そろそろ引き返そうかというころ、ちょうど廃鉱は行き止まりになった。

これまでの壁とは違う、黒々とした硬い岩が行く手を塞いでいる。

「例の壁ですね」トマは腕組みをした。「話に聞いたとおりです。これ、どうやら鉱山内でこう、横向きに走ってる超巨大な一枚岩らしく……。この壁にぶつかったらもうその鉱脈は終わりで、次を探しに行くそうです」

解説を聞きながら岩に触れてみる。

かなり熱い。火傷《やけど》するほどではないが、不思議な感覚だ。

「……ダン、どうしたんです？」ふいにロザリアが声を上げた。

見ると、ダンも同じようにこの黒い壁を調べていた。イクスと違い、全身で張り付くようにしている。

「なんか……、妙な音がするぞ。この先から」

「音？　洞窟を吹き抜ける風の音じゃなく？」トマが訊ねる。

「いや、風とは違う。深く唸るような低音つうかな……。川とか滝みたいな音だ。それに、微《かす》かだが臭いもする」

「魔獣の臭い？」

「魔獣じゃない。むわっとしてるが、魔獣はもっと臭い。わっかんねえ、何なんだこれ。どっかで嗅《か》いだような気もするんだが……」

「ううん、行き止まりに見えて、先に洞窟が続いてるのかな」

イクスも目を閉じて耳と鼻に集中してみたが、何も感じなかった。さすがにヴコドラクの聴覚・嗅覚《きゅうかく》には敵《かな》わない。

しばらく張り付いていたダンだったが、やがて焦れたように岩を軽く叩いた。

「なあ、これぶっ壊さないか？」

「ええ？」トマは目を丸くする。

「こうやって考えてても埒《らち》が明かないだろ。壊して確かめりゃ一発だ」

「まあそれはそうだけど……うーん」トマは唸った。「やるとしてもどうかな、壊せるかい？」

「ま俺の腕にかかりゃ――」

「厚みがわからないので何とも言えませんが」ロザリアが淡々と答えた。「ええ、おそらく破壊可能です。何度か撃てば、いずれ貫通するでしょう」

「……俺に訊いたんじゃないのかよ」ダンの耳が垂れる。

「イクスさん、どうします？」

トマがこちらを向いた。依頼主に確認してから、ということだろう。

「ん？　ああ、そうだな……」

（……？）

そのとき、ふとイクスの脳内で閃《ひらめ》く思考があった。

洞窟の壁や天井、アグナス石、そしてこの異様な岩……。

どくん、と強い鼓動を感じる。

「……いや、有り得ないか」

口もとを手で隠し、何度か首を振る。

「どうしました？」ロザリアが首を傾げた。

「いや……何でもない」イクスは顔を上げる。「壊すのは、今はやめておこう」

「おいおい、ここまで来させといて臆病《おくびょう》風か？」ダンが両手を挙げた。「アンタが何探してるのか知らねえけど、明らかになにかあるんだぜ？　それを見逃すって？」

「そうは言っていない。もう少し情報を仕入れて、装備を整えてからにしたい」

「だけど杖の修理は……」

「依頼主は俺のはずだ」イクスは眉を顰めた。「冒険者は依頼に従う義務がある。違うのか？　この向こうに何があるかまったくの不明だ。もしかすると壊した向こうから溶岩が流れ込んでくるかもしれない」

「あほらしい。組合も通さず『依頼主』とはね」

「ダン、言いすぎだ」トマが二人の間に割り込んでくる。「イクスさんの言うことはもっともだ。ここは従うべきだよ」

「……わかったよ」

道筋を忘れないよう、わかりやすい目印を残しつつ、四人は来た道を戻っていった。

イクスが黙々と足を動かしていると、背後のロザリアが耳元に口を寄せてきた。

「さっき、何に気づいたんですか？」

「何の話だ？」

「とぼけないで下さい。あなた、凄い顔をしてましたよ」

「下らない思い付きだ。話すようなことじゃない」

「へえ、そうですか」

「まあ、実際に見ればはっきりするだろう。次来たときにはわかるさ」

「次回は金とるからな！」聞こえていたのか、前からダンが叫んだ。

「……お金、あるんです？」

イクスは黙って肩を竦めた。

7

「冴《さ》えないご様子ですね」

顔を上げると、暗闇《くらやみ》の向こうからオストが現れた。

　ユーイは手に付いた埃を払う。たしかに彼女は不健康な顔をしていた。暗い地下室でひたすら洗礼台帳を確認する作業は気が滅入《めい》る。今はそれだけが理由ではないが。

　オストは静かに歩いてくると、蠟燭の火を確認した。「まだ保《も》ちそうですね」と呟く。

「お気遣い感謝します」ユーイは事務的な口調で言った。

「今日はお連れの――見習いさんはどちらへ？」

「ええ、まあ所用がありまして……」

　そこで会話は終わったが、その後もオストは戻らず、同じ場所に立っていた。こちらが台帳を調べるのを眺めている。

　成果のない数頁を終えて、ユーイはまた顔を上げた。

「オストさんは……」

「はい？」

「アグナスルズに来て、どれくらい経つのですか？」

「そうですね、今年で十七年目になります。それ以前は、また別の教会に」

「十七……長いですね」

「いえいえ……。世の中には一生を一つの教会で過ごす方もいらっしゃいますし、私なんてまだまだですよ」

「この街の司祭になって、いかがです？」

「居心地が良いですね。平穏で、住みやすい街です」

「私の見たところ――」ユーイはちらりと彼の眼を見た。「貧しい者と豊かな者が対立しているようですが」

「ああ……、それですか」オストはため息をついた。「ええ、仰《おっしゃ》るとおり。新派の街ではこの種の対立が起こりがちなんです。しかし教義に則れば、貧富の差に関係なく人は平等なはずです。私もしばしば説いているのですが、うまくご理解いただけませんね……。賢徒としての未熟を恥じるばかりです」

そうだったのか、とユーイは意外に思った。

「ですがこの街は良いほうですよ」腕を開いてオストは微笑んだ。「確かに対立はありますが、それが揉め事や争いに発展しません。大人も子供も穏やかな方ばかりです」

「子供も、ですか?」少し意地悪な質問をしてみる。「先日、苛められている子供を見かけましたけど……」

「ああ、ヘンリーですね」意外にも彼はすぐ反応した。

「ご存じなのですか?」

「知っているのは名だけです。彼には洗礼を授《さず》けていませんので」

「……それが原因で、彼は苛めを?」

「私にはわからないんです」オストは悲しげに首を振った。「洗礼を受けておられない方は他にもいますが、あそこまで酷い扱いは受けません。もちろん子供は些細《ささい》なことで苛めるものですが、なぜあの子ばかりが……」

「ヘンリー……」

ユーイは黙り込んだ。

台帳をばさりと閉じ、彼女は立ち上がった。

「すみません、今日はこれで失礼します」

「え？　ああ、わかりました。またいつでもどうぞ」

「ありがとうございます」

教会を出て、彼女は周囲を見廻した。

都市とまではいかないものの、狭い街でもない。足で探すしかないだろう。騒がしいほうに、子供がいそうなほうに、と歩いた。さすがにそんな勘では上手くいかず、そうこうしているうちに昼を過ぎてしまった。

それでも人に訊ねながら彷徨《さまよ》っていると、いつか聞いたような子供の喚声が聞こえてきた。急いでそちらへ向かう。

人通りのない裏路地だった。子供が数人で輪になっている。その中央で、ヘンリーが羽交い絞めにされていた。

一人、二人が前に立って、木の棒を口に突っ込もうとしている。そのたびにヘンリーは激しく動き、彼らから逃れようと踠《もが》いた。口には入らなかったものの、棒は彼の頬《ほお》に引《ひ》っ掻《か》き傷を刻み、子供たちは囃《はや》し立てるような声を上げた。

ユーイは懐に手を入れながら近寄っていく。

「すみませんが」と声を張ると、子供たちがいっせいにこちらを見た。「そちらの子に用事がありますす。今よろしいですか？」

彼らは困惑した様子で顔を見あわせた。ひそひそと互いに話している。

「はあ？」『誰だよ、あいつ』『女？』

「その子を放してください」ユーイは落ち着いた口調で要求する。

やがてひそひそ話が止み、子供たちは一人の少年に視線を集めた。彼らのなかで最も体格の良い子だ。彼はそのことに気づくと、一歩こちらへ進み出た。

「あんたの用事って何？　俺たちがいたらいけないわけ？」

「そうです。二人での話があります」

「ふーん……。まあ帰るのはいいけどさ、でも帰ったあと俺たちがどこにいようが、あんたには関係ないよね？　たまたま近くにいてもさぁ」

ユーイはため息をついた。

「ん？　どうしたの？」少年はにやにやと笑う。

「あの、すいません」彼女は首を横に振った。「落ち着いて交渉すべきなのでしょうが、なんだか面倒になってきたので、使いますね」

「使うって何を――？」

ユーイは杖を取り出し、軽く振った。小さな光球を生み出し、杖先で維持する。

ざわ、と動揺の波が子供たちに広がる。

「あ、あれ魔法？」「え、どうすんの」彼らは口々に呟いた。

実際のところ、この光球には周囲を照らす以外の効果はない。不安だったけれど、魔法に馴染《なじ》みのない子供を脅かすには充分だったようだ。

間もなく一人の少年が逃げ出すと、他の子供たちも蜘蛛《くも》の子を散らすように走り去っていった。

彼らが去るのを眺めながら、ユーイは心中で肩を落としていた。

（……弱くなった）

この程度、魔法を使ったうちにも入らない。杖さえ万全ならば、目が潰れるほどに眩《まばゆ》く、家二、三軒ほどの巨大な光球を生み出せたはずである。

まあ落ち込むのはあとにしよう、と彼女はヘンリーに歩み寄った。

「大丈夫ですか？」

「あ……、ありがとう」ヘンリーは視線を逸《そ》らして答えた。「僕に用事がある……の？」

「ああ、はい、そうです。ちょっとした質問なのですが――」

オストと話しているときに彼女はそれを考え付いた。

もしイクスの推測が正しく、この街の過去に消された信仰があるとしたら、その祭司はどんな扱いを受けただろうか、と。

考えるまでもない。激しく弾圧され、そしてそれが奨励されたはずだ。信仰の要を潰さなければ、新たな布教は立ち行かない。おそらく処刑され、その親族たちにも厳しい目が向けられたことだろう。

では、その感情はいつまで残っただろうか。一、二世代で消えたか、それとも。

理由もなく残っている畏敬があるように。

理由もなく残っている排斥があるのではないか？

この平和な街には、なぜか苛められる子供がいる。最近ここに来たオストには理由がわからないという。それが意味するところは――。

たったそれだけの、苦《くる》し紛れのような発想を確かめるために、ユーイは彼に会いにきた。

咳払《せきばら》いして彼女は口を開く。

「エガ・フルメンという方に、心当たりはありませんか？」

「エガ？　知らない」

ヘンリーはあっさり首を振った。

「ああ、そうでしたか……」

それはそうか、と思う。

精神が参っていたからだろう、藁《わら》にも縋《すが》る気持ちというか、思いつきに真剣になってしまった。そんな都合の好い話あるはずもないのに。

だがそのとき、「でも」とヘンリーが続けた。

「でも、フルメンなら知ってるよ」

「え？」ユーイは目をしばたたかせた。「ど、どなたです？」

「婆ちゃん」

「はい？」

「僕の婆ちゃんの名前。シーラ・フルメン」

8

「ダン、やっぱり止《よ》したほうがいいよ」

壁に映る影を見ながら、トマは言った。

「でもよ、いくら杖が直ったって、ただ護衛したってだけじゃ、ユーイも俺たちのお蔭だと思わねえだろうが」

「否定はしないけど、杖の修理に協力する一番の目的はユーイに恩を着せることじゃないぞ」

トマは憮然として言った。「それにイクスさんに何も言わないっていうのもさぁ……」

「多数決で決まったんです。トマ、今さら文句を言わないでください」

「多数決って、二対一じゃないか」

「つまり二倍の差があるということです」

ダン、トマ、そしてロザリアの三人は、例の廃鉱へまたも足を運んでいた。先日付けた目印に従って、すぐに踏破していく。たった一日でまた魔獣が湧《わ》いていたが、護衛する相手がいないぶん、移動は早く済んだ。

「相変わらずの心配性だな、お前は」ダンが振り返って言った。「ちょいと穴を空けて、中を覗《のぞ》くだけじゃねえか。装備は整えたし、危なくなったら逃げりゃいいだろ。いつもやってる通りだ。むしろ依頼者が一緒に来るってほうがおかしいんだよ」

「まあ、そうだけど……」

「そら、もう着いたぞ」

黒い岩を前にして、三人は鞄を下ろした。

丈夫な縄や、縄を留めるための杭《くい》など、色々な装備を取り出していく。

穴から水が噴き出してくる危険に備え、それぞれの躰を縄で固定する。危ない魔獣が出てきたとき結界を張るための長杖も持っている。万が一溶岩が出てきたらすぐ逃げられるよう、事前に地図を憶えてもいた。この他にも様々な可能性を考慮した結果、過剰なまでの道具の山になった。これもすべて、トマが慎重に行くべきだと主張したからだった。

「よし、大丈夫かな」時間をかけて準備を整え、トマは頷いた。「じゃあロザリア、頼む。少しずつね、少しずつ」

「わかっています」

ロザリアは短杖を振るい、空中に紫電《しでん》を走らせた。

暗い廃鉱内を、眩い光が充《み》たす。

光が収まると、黒い岩の表面に穿孔《せんこう》が生まれていた。それなりに深く穿《うが》っているが、まだ貫通はしていない。

「もう数発必要みたいですね」ロザリアは呟いた。

「ろ、ロザリア、もう少し慎重に……」

「まだるっこしいなあ。おい、次はもっと力入れろよ」

「はあ……」

相反する指示を受け、結局ロザリアはほぼ同じ威力の電撃を放った。

それでも貫通せず、さらに二度、三度と魔法を撃ちこむ。

五度目の攻撃の直後だった。

閃光《せんこう》が収まるか収まらないかの刹那《せつな》。

突如、大地が揺れた。

「うお」

ダンは思わずよろめき、たたらを踏んだ。縄がなければ転んでいただろう。

思い切り揺さぶられるような鳴動が、さらに何度も押し寄せてくる。

地面に伏せて躰を支えつつ、他の二人を見る。どちらも歯を食いしばって揺れに堪えている。

「なんだこれ、噴火か⁉」ダンは怒鳴った。

「わからない！　でもここにいるのはまずい！　戻らないと！」トマが叫び返す。

そうだな、と言いながら顔を前に向けたダンは見た。

岩に穴が空いていた。

先ほどの攻撃で貫通したのだ。

その向こうは暗くて、何があるかわからない――ように見えたのはほんの一瞬。

穴からなにかが湧き出した、と思ったのも一瞬。

彼の視界いっぱいを黒い影が埋め尽くし、気づいたとき地面の感覚はなかった。

「え」

縄と杭は、と見ると、杭を固定していた地面ごと飛ばされている。

奇妙な浮遊感が全身を襲う。

かと思うと、今度は急激に落ち始める。

落ちる――というより、吸いこまれるような。

「嘘だろっ」

腕や足を動かしたが、引っ掛かるものはない。
躰を丸め、頭を腕で覆《おお》った。
息ができなくなるような衝撃。
液体の中を沈んでいる。
腕と足を広げ、水面から顔を出す。
何も見えない暗闇。
激流で、既に流されているようだった。
必死に腕を伸ばすと、硬い感触が返ってきた。岩か何かだろう、とそれに摑《つか》まる。
「トマ！　ロザリア！」
叫んだが、声は轟音《ごうおん》に搔《か》き消される。
必死にしがみついていたが、すぐ指先が痺《しび》れてくる。
「くそっ」
岩の向こうには川が流れていたのか――。
川？
そのとき、彼はなぜか冷静になって、この川の奇妙さに気づいた。
これは自分の知る水の感触、臭いではない――と。
では、何だ？

これに最も近いものは？

沸騰しているかに思える熱い温度。

口に広がるその味は――。

「あ……？」

しかしその結論の意味が、彼にはまったくわからない。

口に流れ込んでくるそれを懸命に吐き出した。

「誰か――呼吸《いき》が――！」

ついに指が限界を迎え、ダンは再び激流に呑み込まれていった。

四章　見上げる山嶺

RYU TO SAIREI

1

屈《かが》みこんで花びらを観察する。

顔を寄せると、ほのかに甘い香りがイクスの鼻孔を衝《つ》いた。茎にびっしりとまっている虫を見て顔を背《そむ》ける。

辺りは一面の花畑だった。風が吹くたび、赤い花弁が波を打って流れていく。花の名前はハルニィ。珍しい品種ではなく、布染め等によく使われる花だ。

ここはアグナスルズのすぐ南の土地。北に目を向けると地味な街並み、そしてアグナス山の稜線が眺められる。

「こんなことして、なにか手掛かりになるんですか？」

声のしたほうを向くと、あきれ顔のユーイがこちらに歩いてきていた。

ずいぶん久しぶりに顔を見たような気がした。多少疲れている様子だが、あのときのように酷い顔つきではなかった。イクスは安心する。

「よくここがわかったな」表情には出さず、そう答えた。

「オストさんに聞きました。近くにハルニィの咲いている場所がないか訊《たず》ねられたと」

「『竜の調達』が書き込まれた頁にあっただろ、ハルニィの出納記録が」

「それは、竜とは関係ないと思います」

「まあ、あまり手掛かりにはならないかもな」イクスは頷《うなず》いてみせた。「だが一つひとつ調べる以外、もう採れる手段がない。だから……」

つまりそれだけ追いこまれている状況だった。今に至っても根拠の薄い推測が一つあるだけで、まったく竜の心臓に迫っていない。洗礼台帳からエガ・フルメンを見つける、というあてが外れた以上、残る道筋はふたつ。アグナス山内部のさらなる調査か――。

「あとはもう、祭りを調べるか、だ」

「昔この街にあったという祭り……ですが、祭りがあったというのも、それが竜と関係するというのも、すべては仮説にすぎません」ユーイは手の平を上に向けた。

「他の仮説がないんだから、今はそれを調べるだけだ」イクスは首を振る。「発祥において、祭りには明確な目的がある。最初は祭りというより、儀式に近かったはずだ。だが後世に伝わり、大勢が参加するようになると、祭りはよりわかりやすく、『見世物』として洗練されていく。他所《たしょ》の祭りと雑ざることもある。そうやって本来の意味は失われる。この街に竜と関係する信仰があったなら、祭りは竜にまつわる儀式だろう。それがわかれば――」

「……受け売りですか？」

「信頼のおける受け売りだ。師匠の店に来た学者がそう言っていた」

「はあ、ではお花の観察を頑張ってください」

ユーイはため息をついて、イクスから離れていった。

花畑の中で、赤い絨毯《じゅうたん》を歩いていくような後姿。

聞いた話によれば、新派は染料も奢侈品《しゃし》として排除するという。こういった街の付近だからこそ、ハルニィの群生という珍しい風景が見られるのだろう。

風光明媚な土地だ、とイクスは思った。田舎《いなか》とはいえ、少しは有名になってもよさそうなものだが。

いや……逆かもしれない。

この景色が最近出来たもので、だから知られていない、とすればどうだろうか。昔は摘まれていたハルニィが、あるときから使われなくなり、徐々にこの花畑が形成された。そう考えれば、アグナスルズには別の信仰があったという推測の傍証になる。ただの思いつきではあるが……。

観察を終えて、イクスは立ち上がった。周りを見廻す。

ユーイは一輪の花を手に取って、指先でくるくる回していた。

近づいていくと、彼女は独語するように言った。

「トマさんたちが帰ってこないそうです」

「その話は俺《おれ》も聞いた」

「アグナス山へ向かう姿を、鉱夫の方たちが目撃していました。以降、消息を絶っています」

「らしいな」

「心当たりがあるのでは？」

「どういう心当たりだ？」

「どこへ消えたのか、知っているのでしょう、イクス？」

「それを知ってどうする」

「どうするって……」

「言っておくが、予想しかできない。たしかに先日、彼らと廃鉱を調べたとき、行き止まりの向こうから妙な音がするとわかった。後日装備を整えてその先を調べよう、という話になって別れた。そして彼らが消えた。俺に言えるのはそれだけだ」

「なら、そこを調べれば……」

「誰《だれ》が調べるんだ？　あの魔獣だらけの廃鉱を。俺には無理だ。杖《つえ》がなければユーイにも無理だろう。冒険者に依頼するか？　報酬は誰が出す？　もしくはあいつらの実家に連絡してみるか？　本当にあそこへ行ったかもわからないのに？」

「……冒険者をやっている生徒の死亡や行方《ゆくえ》不明は、学院では珍しくありません。ですが

――」ユーイは唇を噛《か》んで俯《うつむ》いた。

「それに、ユーイはトマを嫌ってるんだろう？　まあ、仲の良かった相手が仇《かたき》の息子だと知れば、決裂するのも無理はない」

はっとした表情で、彼女はイクスを見た。

「あのあとトマに詳しく聞いた」

「……そうですか」ユーイは目を瞑《つむ》った。「ある血筋を引いているために、『留学生《人質》』として私は王国に差し出されました。傍系《ぼうけい》の一族にすぎませんが、うまく誤魔化《ごまか》したのでしょう。家族も亡く、私は他の王族にとってちょうど都合の好い人間でした。けれど、この肌の色、髪の色、というだけでここでは嘲《あざけ》りを受けます。いくら友好国という建前《たてまえ》があろうと、『野蛮な文明』を持ち、同じ神を信じない東方の民は――それが悪意のあるなしにかかわらず、彼らにとって一段下の存在なのです。こうして外套《がいとう》を纏《まと》わなければ、外を歩くことも儘《まま》なりませんでした。もちろん、押し込められた学院でも……」

「学院は学びを志す者を受け容れる――じゃないのか？」

それは王立学院が掲げる理念だった。身分や出自に関わらず優秀な学生を迎え入れる、という宣誓である。

「建前ですね。そんなものに準じる人間は、教師にも生徒にもいません。私は共通語を喋《しゃべ》れませんでしたから、彼らにとっては『言葉も解さない未開の民』というわけです。そこへ手を差し伸べてくれたのが、彼らです。トマさんに、ロザリアさんに、ダンさん」

　ユーイは花びらを一枚千切った。

「三人は、私を平等に扱いました。彼らは優等生でしたから、近くにいれば、他の生徒は手出ししてきません。時間の空いたときには言語《ことば》を教えてくれました。私が今こうやって不自由なく過ごせているのは、すべて彼らのお蔭です」

「感謝してるんだな」

「ええ、感謝してもしきれません」微笑《ほほえ》むと、ユーイは目を伏せた。「……そして、あの使節団が来ました」

「建前の使節か」

「私は……、見ていられませんでした。わかりませんけれど、でも、私には彼らが本気で建前を信じているように見えたのです。上辺だけの歓待を受け、形だけの握手を交わし、ありもしない友好を深めた、と声高に叫んで——滑稽でした。私も留学生として歓迎会に出席する予定でしたが、その直前ですね、トマさんとあの会話をしたのは」

「無神経だった、と彼は言っていた。ユーイの前で話すことじゃなかったと」

「まあ、良い想《おも》い出《で》ではありません。はっきりとは憶えていませんが、とつぜん軍が現れて、家族も友人も皆殺しにされました。逃げ惑うみんなを、一人ひとり、擂《す》り潰《つぶ》すように……。トマさんの父親は軍人だと聞いていましたが、あの作戦を立てた張本人だったとは、そうですね、それにはすこし驚きました」

ユーイは苦笑した。無理に作った笑いではなさそうだった。

「でもですね、イクス。私はそんなことで傷付いて、それで彼らと別れたわけではありません。何度説明してもトマさんは誤解したままでしたが」

「なら――」

「わかりあえないと気づいたからです」

風が強く吹いて、彼女の外套をはためかせた。

「彼は、あの作戦は正しかったと言いました。終戦を早め、王国の戦死者が減ったのだから、正しい判断だったと。私はそれに反駁《はんばく》しました。何を言い繕おうと、あれは住民の虐殺でしかなかった。間違った作戦だったと――イクスはどう思いますか?」

「視点の問題だ。王国から見れば正しく、ルクッタでは間違っている」

「客観的な視点から見ればどうです?」

「戦争に客観的な視点があるのか?」

「ええ、そのとおり。それだけです」

ユーイは視線を上に向けた。

「国など関係なく、友情を育み、共に戦い、一年かけて語り合えば、少しはわかりあえると信じていました。そしてわかりあえたと思っていました。でも、そんなことは有り得なかった。

私は彼のことを何一つ理解していなかったし、彼も私のことなどわかっていなかった。……そのことに気づいた瞬間、何でしょうね。全身から力が抜けるようでした。あれは……、そう、私は失望したのでしょう」

それだけです、と彼女は何度も言った。

「だから、結局、これは私が勝手に期待して、勝手に裏切られたという、それだけです。たったそれだけの……」

花びらをすべて千切ると、ユーイはそれを風に流した。

赤い欠片《かけら》たちは回って、舞っていく。

ぼんやりと彼女の手を眺める。

空になった指は、真《ま》っ赤《か》に染まっていた。

まるで、血が滲《にじ》んでいるかのように……。

滲む――？

イクスは息を呑《の》む。

（ああ……）

細く長い息を吐いた。

そしてきいた。

「失望か」

「はい」

「だから復讐《ふくしゅう》したんだな？」

2

ユーイは目を見開いた。

震える唇が言葉を紡《つむ》いだ。

「……どうして」

「おかしいとは思っていた」イクスは語った。「その杖は、最上級品のなかでも上位に位置する凄《すさ》まじい杖だ。普通に使って壊れることはないし、況《ま》してや芯《しん》材が割れるなんてあり得ない。なにか理由があるんだろうと考えていた」

「それで……」

「杖は芯材によって性質が左右される。使用者との相性《あいしょう》が悪かったり、性質に反する魔法を使うと、杖は本来の能力を発揮しない。時には使用者に牙《きば》を剝《む》くこともある。ユーイの杖は、信じられないほど極端な性質を持っていた。師匠の杖でもあそこまでのは異様だ。性質に反するような魔法を使えば、絶対に拒絶される。いや、ただの拒絶に留《とど》まらない。おそらく芯材そのものが――」

イクスは握った拳《こぶし》をぱっと開いた。

「憶えているか？　その杖の性質を」

「極《きわ》めて……善良」

ユーイは呟《つぶや》いた。

善良の反対とは、つまり――。

しかしそれには触れず、イクスは話を変えた。

「師匠は滅茶苦茶《めちゃくちゃ》だが、できもしないことを約束する人間じゃない。あの人もわかってたはずだ、竜の心臓を取り換えるなんて不可能。修理の手立てがないってことを。だっていうのに、無料で修理を請け負うとかいう約定書をなぜか作った。ようするに、あれには他の狙《ねら》いがあったと考えられる」

「他の、狙い――」

「杖が邪悪な者の手に渡ったとき、あるいは邪悪な使われ方をしたとき、手許に取り返すためだ」

「……何のためにです」

「店まで行ったんだろう？　あの店の扉に何て書いてあるか、見なかったか？」

記憶を探ったが、曖昧《あいまい》な画が浮かぶばかりだった。

「〈杖は持つべき者の手に〉」イクスが言う。

「たとえ壊れた杖でも……？」

「壊れた杖でもだ。それが師匠の信条だった。だからこんな手を考えたんだろう。それだけ善良で、だからこそ強力な杖なんだ。俺たちは自分の作った杖が人を救おうと殺そうと知ったことじゃない。それは本人の勝手で、本人の責任だ。だが、相応《ふさわ》しくない持ち主が、相応しくない魔法を使うのだけは我慢ならない。杖は裏切れない」

「で……、ですが、あれは――」

「何と言い訳しようと、師匠の作った杖に誤謬《ごびゅう》はない。悪いことをしたから、壊れた。それ以上でもそれ以下でもない」イクスは冷たく言い放つ。「性質に反するとはそういうことだ」

彼の言うとおりだった。

それは悪いことだと、決して正義ではないと知りながら、ユーイは復讐のために魔法を使ったのだから。

そして杖が壊れ――復讐は失敗した。

「勘違いするなよ、責めてるわけじゃない。杖をどう使おうと、それは本人の勝手だ。だいいち今話したのはただの想像。『取り上げろ』と約定書に書いてない以上、杖は修理するし、ユーイに渡す。それでトマを殺そうと、知ったことじゃない」

「トマさんを？」

「ああそれともトマの父親か？　例の使節団か？　まあ誰でもいい。誰でもいいが、つまりだな、ユーイ。相手が誰だろうと、その復讐は失敗する。そしておまえに二度目はない」

「二度目？　何のですか」

「一度は杖を直せても、二度は直せない。次回から俺は修理代を請求するし、そもそも芯材がもう手に入らないかもしれない。俺が問いたいのはそこだ。それでも杖を修理するのか？」

それが何を意味するのかに気づいて、ユーイは絶句した。

「……どうやって、です」

「竜の心臓の正体について、可能性を思い付いた」

「それで、修理できると？」

逡巡《しゅんじゅん》しながらも、イクスは首を縦に振った。

ユーイは唾《つば》を呑みこむ。

「聞かせてください」

「竜の心臓は、おそらく、アグナス石を生み出す大元――山の核となる鉱石だ」イクスは口もとを手で覆《おお》った。「アグナス山ではずっと昔からアグナス石が採れ続けている。だが、普通そんなことはあり得ない。鉱脈は無限に湧《わ》き出る泉とは違う。何十年も掘り続ければいつか尽きるものだ。しかしそうなってない。それどころか廃鉱では、天井《てんじょう》の亀裂からも砂状のアグナス石が流れ落ちていた。まるで洞窟《どうくつ》の壁から――滲むように」

「仰《おっしゃ》っていましたね。竜の心臓の代わりに使う混成芯材には、アグナス石を用いると。だからですか？　石を生み出す源などというものが存在すると？」

「竜の心臓はいつ触っても温かい。その時点でおかしいんだ。何の供給もなく長期間熱を発し続けるなんて、普通は考えられない。竜の心臓は莫大な力を蓄えているか、あるいはそれ自体に力を生み出す能力があるんだ。もしその大きな結晶体があれば、それはまったく未知の宝石だ。物質を生むことだって充分考えられる。まさに『竜の心臓』と呼ぶに相応《ふさわ》しい――」

とはいえ、とイクスは肩を竦《すく》めた。

「もしあるとしても、山の地下深くだろう。どうやって取りにいくのかはまだわからん。だがこうして存在する以上、方法はあるはずだ。残りの期間でなんとかそれを見つけてみせる」

「どうも自信のなさそうな物言いですね」

「だけどなユーイ。芯材が手に入るにせよ入らないにせよ、話は結局さっきの質問に戻るぞ」

「それは？」

「杖を修理するのか、という質問だ。夏の終わりまでにこの杖が必要だ――とまえに言っただろう。この杖が必要になるほどのどんな魔法を使う気だったか知らないが、それが『悪いこと』なら絶対に失敗する。それを知って、まだこの杖は必要か？」

「……さきに私からひとつ訊かせてください」

「答えられることなら」

「なぜあなたは、私の依頼を受けてくれたのですか？」

「……約定書を持ってきたのはユーイだろう」

「ええ、たしかに約定はありました。ですが、それに従う義務はなかったはずです。あなたの師匠はもういません。約定書の内容を知っている人もいません。私でさえ読んでいなかったのです。あのとき知らん顔して約定書を破り捨てれば、ただそれで良かった。ここまで困難な道になるとは予測できなかったとしても、独立したてでお金もないあなたが、無償の依頼を引き受ける必要はありませんでした。違いますか？」

イクスは何度か瞬くと、口もとを隠した。

「……そのとおりだ」彼は真面目《まじめ》な顔で首を傾げた。「破り捨てる……その手があったな。言われるまで気づかなかった。そうすれば受けるも受けないもなかったわけだ。なるほど、頭が良い」

「か、感心しないでくださいよ」予期せぬ返答に、逆に狼狽《うろた》えるユーイである。「じゃあ、単純に思いつかなかったから依頼を受けたと？」

「いや、俺が受ける理由は……」

イクスは斜め上を見てなにか小さく呟いていたが、やがてこちらを見た。

「師匠の言いつけだから――かな」

「もういない人間の？」

「まあ、それでも守るべきと思ったんじゃないか」自分でも納得していないのだろう、他人事のような口ぶりで答えている。「最後の言いつけだし、それくらい聞いてやってもいいだろう。

拾われた恩もあるし……？」

怪訝《けげん》そうに眉《まゆ》をひそめる彼を見て、ユーイは妙に力が抜けてきた。

トマと相対したときの、あの脱力感ではない。まるで重い外套を脱ぎ捨てたときのような
――無意識に歯を食いしばっていることに気づいたときのような、そんな感覚だった。

彼女は微笑んだ。

「悪《あ》しき心で杖を使えば、間違いなく芯材は壊れるのですね？」

「ん？　ああ、そう言っている」

「私の父はその性質を知っていたのですね？」

できるだけ深刻に見えないよう、軽く訊ねた。

けれどユーイにとっては、それが何より重要なことだった。父親が何を考えてその杖を手に入れ、置いていったのか――彼女に残っているのは、それだけなのだから。

固唾《かたず》を呑んで見据える先で、イクスは頷いた。

「そのとおりだ。師匠がその説明をしないはずがない」

数秒の静寂の後、ユーイもこくりと頷いた。

「お願いします。私の杖を直してください」

「何のために？」

「三人を助けに行くためです」

「いいのか？」

「ええ……。きっとそれは善いこと、ですから」

「善いこと？」

――お前がこの杖に最も相応しくあれる振り手だからだ。私が迎えに来るまで、それを持ち、生き延びよ。

それが、すでに死んだ者の言葉だとしても……。

「最後の言いつけくらい聞いてやろう、と思ったのですよ」

「何を言ってるのかわからないが」イクスが首を捻《ひね》る。

答えず、ユーイは花畑を歩き始めた。

「そうだ、実は私もエガ・フルメンの手掛かりを見つけたのです」振り返って、彼のほうを見る。「まあ、もう関係ないかもしれませんが」

「……そうとは限らないさ」

無愛想な杖職人が、なぜだろう、そのときばかりは微笑んだ顔に見えた。

3

ユーイが辿《たど》る道筋を、後ろから随《つ》いていく。

街外れの一帯に向かっていた。貧民が集まり、周囲の家屋は雨漏《あまも》りの酷《ひど》そうなものばかりになる。泥まみれの子供が道を横切っていくのが見えた。道端では焚火《たきび》が焚《た》かれ、凹《へこ》んだ鍋で灰色の液体を煮込んでいた。蠅《はえ》をたからせた住人が囲んでいる。物乞いの姿はない。この街では、浮浪民への施しは忌避される。

　石材を適当に組み上げたような家の前で、ユーイは足を止めた。周りの建物に較べて多少は大きく、歴史があるようだったが、それでもモルナの店と良い勝負だろう。

「ここか」

　ユーイは答えずに戸を叩《たた》いた。

　数秒後、かすれた声が返ってきた。

「誰だい」

「とつぜん失礼します。ユーイ・ライカという者です」

「そんな知り合いはおらん」

「シーラ・フルメン様に用事があってきました」

「そんな名前のもんはおらん」

「ヘンリーさんの紹介です」

「…………」

　沈黙の後、耳障りな音をたてて扉が開いた。

皺だらけの顔の老婆が、部屋の暗がりから現れ出た。背はユーイよりも低いが、腹はやけに膨らんでいる。腰がひどく曲がっており、奇妙な歩き方をしていた。

「何の用だね？」

二人を睨《にら》むようにして老婆は言った。

「シーラ・フルメンさんですね？」

「だったら何だい」

「伺《うかが》いたい話があります」

「話ぃ？　……そっちのアンタは」

「イクスだ」

「姓はない」

「無礼な男だね、姓も名乗らんのかい」

「へえそうかい。卑しい生まれなんだね」

「入っていいか？」

鼻を鳴らし、シーラは家の中へ入っていった。

隙間《すきま》から陽《ひ》が射《さ》すお蔭で部屋は明るかったが、しかし鬱々《うつうつ》とした空気が充満していた。部屋の隅には蜘蛛《くも》が巣を張り、ここ最近焜炉《こんろ》が使われた形跡もない。

「何も出せやしないよ」

「いえ、けっこうです」

床に敷いてある汚い布に、二人は腰を下ろした。シーラは大きな椅子《いす》に腰かけ、大きく息を吐きだした。

「それで？　こんな貧乏の老いぼれに何の話を聞きたいって？」

イクスは口を開きかけたが、ユーイに目配せで制された。彼女はひかえめに片手を開いて訊ねた。

「率直《そっちょく》に訊きます。あなたはエガ・フルメンさんの血縁者ですか？」

「どこでその名を聞いた？」シーラは剣呑《けんのん》な口調になる。

「ご存じなんですね？」

「……爺《じい》さんだよ。私の」

「祖父、ということですか」

「そうだ」

当たりだ、と二人は視線を交わした。

「今度はこっちの番だよ。アンタ、どこでその名を知ったんだ」

「これだ」

イクスは祭具出納帳を取り出した。

目を細め、遠ざけたり近づけたりしながらシーラは表紙を読んだ。そして題と名前を確認すると、床に放り出してしまった。

「はっ、まったく様ぁないね」彼女は口もとを歪《ゆが》める。「死んだあとにみっともない帳面掘り起こされて、何の関係もない連中に読まれてるってんだから……いい気味だ」

「あの、あなたのお爺さんは……」

「碌《ろく》でもない爺だったよ」シーラは一語ごとに息をついて喋《しゃべ》った。「齢とって耄碌《もうろく》してからは、それはもう酷かった。博打《ばくち》に嵌《はま》って、借金こさえて、返そうとして騙《だま》されて……。家の物は次々取られていった。アイツがいなけりゃ、今でも家は……」

シーラは大きく咳《せ》き込《こ》んだ。

「で、今頃《いまごろ》爺さんを訪ねてきて何の用だい？　取り立てようったって、もうこの家には差し出せるもんなんかないよ」

「いえ、そうではなく……」

「エガ・フルメンは何者だったんだ？」床の帳面を拾い上げたイクスが言った。

「何の話だい？」シーラは顔を顰《しか》める。

「これを見るかぎり、爺さんとやらはなにかの祭りの関係者だったんだろう。だがこの街は新派を信仰しているし、祭りなんて影も形もない。洗礼台帳にもフルメン姓の記録はなかった。エガ・フルメンは——フルメン家は何者なんだ？　新派が来るまえ、この街にはなにか信仰があったんじゃないのか？」

「……知らないよ、そんなこと」彼女は指を組んで俯いた。「生まれたときにゃあもう街は新派の連中でいっぱいだった。奴等《やつら》は私を見るたび泥を投げてきた。私は洗礼を受けたこともなけりゃ、教会に行ったこともない。だからそんな目に遭うんだと思って、爺さんや親に頼んださ。でもいつも無視された。理由を訊いても答えちゃくれなかった……。満足かね、この答えで？　え？」

「わからないな」イクスは首を傾げる。「祖父も親ももういない。今なら洗礼を受けられるだろう。なぜそうしない？」

その問いに返答はなかった。シーラは眉間に皺を寄せてじっとこちらを睨んだ。

「用は済んだだろう。もう出てきな」

「いや、本題はこれからだ」

「へえ、無駄話の好きな連中だこと」

「ここの落書きには『竜の調達』と書いてあった。それはどういう意味なんだ？　爺さんなんだろ？　なにか話を聞いたことはないか？　この街には竜の伝説があるのか？　それとも信仰に関することか？」

「竜……」

シーラは顔を背《そむ》けて、通りの方をぼんやり眺めた。

二人が黙って待っていると、やがて諦《あきら》めたのか、吐き出すように言った。

「祭りさ」

「祭り？」

「惚《ぼ》けちまってから、爺さんが毎晩毎晩言ってたんだよ。祭りの準備をしろ、祭りの準備はまだかってな。あれはどうだ、これはどうだ、今年の段取りはこうだってな具合さ」

「やはり……」イクスは身を乗り出した。「どんな祭りだって？」

「……いったいアンタたちは、何だって耄碌爺の寝言をそんな知りたがるんだい」

「いいから教えてくれ。彼は何と言っていた？」

シーラは低い声で答えた。

「竜形見」

「え？」

「竜形見――爺さんはそう呼んでいた」

「何をする祭りだ？」

「はン……、でっかい竜の人形造って、そいつを燃やすってだけの、下らない催しみたいだったよ」

「竜の人形を、燃やす？」思わずといった感じでユーイが呟いた。「では『竜の調達』というのは――」

「人形の準備ってことだろうね。どこまで本気かわからんが……」

言葉を失《な》くして、ユーイとイクスは顔を見あわせた。

「竜」は人形だった。

祭りで使う、ただの人形。

しかもシーラの祖父の代に終わったとすると、その祭りすらほとんど忘れ去られているに違いない。

ふいに扉が軋《きし》む音がして、ヘンリーが家に入ってきた。

彼は二人を一瞥《いちべつ》すると、黙って奥の部屋に向かう。

「牝犬の子が帰ってきたよ」シーラは吐き捨てた。「まったく、愛想のひとつもない」

「お孫さんでしょう?」

「認めたかぁないね。あの娘がそこらの居酒屋で仕込んできた、父親さえわからん子だ」

「あの、娘さんは、今は?」

「死んだよ、出産するときに。迷惑だけは何人分もかけおって……」

部屋の間に扉や仕切りはなく、声は筒抜けだろうに、彼女は憚《はばか》らず言い放った。二人のいる場所からヘンリーの影が見えたが、しかし彼は身動《みじろ》ぎもしない。

イクスは居住まいを正し、一度咳払《せきばら》いをした。

「その竜形見について、もっと詳しく知りたい。聞いている範囲でいいから、教えてくれないか?」

「知りたいって……、何をだい」

「全部だ」

「何だって？」

「その祭りについて、できるだけ詳しく教えてほしい。準備や段取りについて話していたんだろう？　断片的でもいいから話してくれないか」

「わ、私からもお願いします」ユーイは頭を下げた。「もうあなたしか頼りがないのです」

「……老人を殺す気かぃ」

シーラは数秒目を閉じると、忌々しそうに口を開いた。

「わかったよ。憶えてる範囲で教えてやる。そうしなきゃいつまでも居座られそうだ……。顔を隠した女に陰気臭い男じゃあ、こっちまで気分が悪くなってくる」

「あ、ありがとうございます！」

それからシーラは話し始めた。

なにぶん高齢、しかも昔聞いた話とあって、ところどころ不明瞭な部分はあったし、すぐに話題が飛んでしまうのだが、大まかに繋《つな》ぎ合わせて整理すると、次のようになるだろう。

まず街の広場に「砂山《フルメニーニア》」を設ける。盛り土をして踏み固めたものだ。そこは縄こそ張らないものの、市民の立ち入りは厳禁とされた。

その砂山の上に、竜を模した人形を建てる。人間二、三人分ほどの高さがある巨大な人形だ。

素材は藁《わら》や木など、燃えやすいもので組んでいく。ここまでが事前の準備だ。

祭りの日は朝から、出店や踊る人々でたいへんな騒ぎになった。その日ばかりは無礼講で、多少の罪は不問になる取り決めがされていた。

そして一番の目玉が、「竜」を燃やすこと――通称「山の瞳の光り《サビネータ・フルメニーニア》」である。

あらかじめ籤《くじ》で、住人の中から「無垢《むく》なる者」を選定する。物心が付くか付かないかという年代の子供が択《えら》ばれ、当日まで司祭を除く人間との会話を禁じられる。

祭りの夜になると、街中の家々が篝火《かがりび》を灯《とも》す。灯りはその子の家から始まり、砂山まで続く道筋に置かれた。

「大きな篝火だったそうだよ」

そうシーラは語った。

三本の木材で篝籠《かがりかご》を支えると大人の背丈ほどにもなり、炎はさらに高く燃え盛る。祭りの間中、灯りが絶やされることはない。

真夜中になると、無垢なる者は家を出て、篝火の火を松明に移す。

松明を持ったまま、その子は裸足《はだし》で街を歩く。この際、大人や友人が同伴したり、誰かが手を貸すことはできない。

砂山に辿り着いた子供は、松明で竜の人形に火をつける。街中の人間は広場に集合し、竜が燃え尽きるのを無言で見届ける。

そして火が消えた後、人形の残骸《ざんがい》を片付けると、砂山の中から「宝」が見つかる。

「宝──?」イクスは訊ねた。「それは例えば、宝石のような?」

「そんなとこさね、もっぱら金塊だったらしい」

「金塊……どこからそんなものが?」

「どこからも何も、まえもって埋めとくんだろうよ。他に何かあるかい?」

「いや……」

ともかく宝を手に入れることで祭りは最高潮を迎え、翌日まで大騒ぎが続く。

──これが竜形見の全容だった。

「いつから始まったのか、それは爺さんも知らんかった。ただ、爺さんがさらに爺さんから聞いた話だと、昔はもう少し大人しい祭りだったそうだ」

「祭りに関した言い伝えとか、謂《い》われはあるか? 例えば竜に関係するような」

「さあ、私はとんと知らんね」

「そうか……」

「ま、竜を倒して宝を奪うなんてよくある冒険譚《たん》さね。どこぞの馬鹿《ばか》が思い付いたもんを、後生大事に伝えるなんて下らない。無くなって正解だったろう」

「その宝──金塊は」ユーイが言った。「誰の物になったのですか? その子供ですか?」

「まさか。司祭様のもんに決まってるだろ。だからうちの家系が恨まれてるのさ。あいつらは宝を独り占めして自分だけ肥えたんだってな」

「それはおかしくありません？　事前に埋められた宝が持ち主の許に戻っただけで……」

「外から見てるだけの連中にそんな頭があると思うかい、え？」

「外からね……」イクスは呟いた。

「ぼそぼそ話してんじゃないよ。聞かせる気がないなら口を開かなきゃあいいだろう。そんで言いたいことがあるならはっきり言いな」とシーラが唾を飛ばしてくる。

「……フルメニーニアは山の瞳という意味だ」

「はあ？」

「不思議じゃないか？　あの背の低い盛り土を山と呼ぶのは」

「それがどうしたね。何だって大袈裟《おおげさ》にやるのが祭りってもんだろう」

「まあ、そうかもな」肩を竦めて答えた。

話を聞いているうちに、射しこむ光が薄くなり、屋内は刻々と闇《やみ》に向かっていた。灯りなどはないらしい。

そろそろお暇《いとま》しましょう、とユーイが囁《ささや》いた。

「色々参考になった」イクスは立ち上がる。

「惚《ぼ》け爺ィの話を聞きにくるんだから、奇矯《ききょう》な連中だよ。まったく」

「あ、ありがとうございました。お時間を取らせてしまって……」

そして玄関に向かおうとする二人を、とつぜん唸《うな》るような声でシーラが呼び止めた。

「ちょいと待ちな」

「どうされました？」

「その、爺さんの帳面……、ここに置いてきな」

「え？」

「爺さんが死んだって、それはフルメン家のもんだ。アンタが持ってる権利はない。そうじゃないか、え？」

「ど、どうします、イクス？」

「言われたとおりだ。返そう」

素直に頷いて、イクスは紙束をシーラの膝《ひざ》の上に置いた。

「良いのですか？」

「内容は憶えてる。俺たちが持つ意味はない」

「そう、ですね……」

ユーイは老婆の顔を見つめた。

彼女は表紙に手を置いて、目を瞑《つむ》った。

「あぁ……」

嘆息とも呻《うめ》きともつかぬ声が、その口から洩《も》れた。

それっきり、彼女は何も言わなくなった。

「帰ろう」イクスが言った。

「……これからどうします?」

「竜の心臓を手に入れる」

「どうやって、と訊いています」

「今の話を聞いて、ひとつ……」イクスは声を潜める。「中ではなく外かもしれない、と考えた」

「はい?」

「外に出ないと手に入らないものもある。そうだろ?」

視線を横に向ける。

ヘンリーの部屋が見えた。

小さな窓があって、彼はそこから外を眺めていた。

窓の向こうにはアグナス山が聳えている。

4

目の前には林がある。視線を上げるにつれ、徐々に緑が薄れていき、頂上付近は霞んでぼんやりとしか見えない。

灰色の噴煙が漂う空をユーイは見上げた。

彼女はアグナス山の麓に立っていた。

「行こう」

口もとに巻いた布を引き上げて、イクスが言った。

アグナス山には魔獣が棲息《せいそく》しているが、街に冒険者組合がないせいで、無闇《むやみ》な立ち入りは危険とされている。そのため貴重な森林資源を擁しているにも拘《かかわ》らず、まだあまり伐採が進んでいない。ただ地元の樵夫《しょうふ》はたまに山に入るようで、途中まで林道が延びていた。雑草もなく、踏み固められた地面は歩きやすい。ときおり獣道と交差したが、生物の気配はなかった。

忙しなく周囲を見廻すユーイを、イクスが振り返って見た。

「そう警戒するな」

「しかし、魔獣が棲《す》んでいるのでしょう?」

「高地帯にはな。低地帯には滅多《めった》に出没しないらしい。樵《きこり》はそう言っていた。いちおうだが遭遇したときの備えもある。緊張してたら保たないぞ」

「あなたの備え、というのが信用できないのです」

「だから随いてこなくてもいい、と言っただろ」

「信用できないから随いていくのです。弱い魔法でも威嚇《いかく》には充分でしょう」

懐《ふところ》に入れた杖の感触を意識せずにはいられないユーイだ。

初めての山を歩く、というのは想像以上に神経を使うもので、枝葉に遮《さえぎ》られて陽は射しこんでこないが、関係なくうなじに汗が浮いてきた。

道はやがて草に覆われていき、ある一点で途絶えてしまった。その先には、腰ほどの高さの雑草と、林が続いている。

「やはり、道は開いていくしかないな」鞄《かばん》から鉈《なた》を取り出しつつ、イクスが言った。「山の中を掘り進めるわりに、外を登ろうとする住民はいない。彼らにはどうにも憚《はばか》られるらしい。登ると言ったら止められた」

「普通止めますよ、魔獣が棲んでる山なんて……」

「記録はあるぞ」

「そうなのですか？」

「まあ、大抵は命知らずの探検家だけどな。アグナス山を登頂し、尾根伝いに北東へ進む——という計画が残ってるそうだ」

「そちらには何があるのです？」

「それを知るために向かったんだろ」

「成功したのですか、それ」

「さあな。その探検家は帰ってこなかった」イクスは肩を竦めた。

道がなくなり、進行速度は一気に落ちた。前方でイクスが必死に鉈を振るい、後方でユーイが道を指示する。頂上までできるだけ直線に進みたいが、途中で崖などにぶつかる危険を考えると、闇雲《やみくも》に最短距離を採るわけにもいかない。

汗のほか、小さな虫や、蜘蛛《くも》の巣や、雑草から出た汁などが躰に纏《まと》わりついてきて気持ち悪い。ユーイは顔を顰める。

何度目かのため息をついたとき、ふいにイクスの歩みが止まった。不思議に思ったが、すぐ彼女にも理由がわかった。

「魔獣っ……」

灌木《かんぼく》の陰から、捩《ねじ》れた長い角が突き出していた。

イルグナ——という魔獣である。草食で臆病《おくびょう》な性格だが、一度でも不興を買うとその角で延々襲ってくる厄介な相手だ。熟練の冒険者でも戦闘には尻込《しりご》みするという。

しかも現れたイルグナは一頭ではなかった。次々に角が出てきて、気づいたときには四頭に囲まれていた。

黒々とした四対の瞳が、二人をじっと見据えている。

無力な杖職人と杖を壊した学生には分が悪い。

それでも不意打ちで驚かすくらいは可能だろう。額に汗が流れるのを感じながら、ユーイはそっと杖に手を伸ばした。

「待て、ユーイ」

前を向いたまま、イクスは横に腕を伸ばした。

「ですがっ」

「いいから、手を出すな。魔法を使うのは、襲ってきてからでも遅くない」

「……わかりました」

杖を構えた姿勢でユーイは待った。あそこから一歩でも踏みこんでくれば、即座に目くらましの光を出すつもりである。

睨み合《あ》ったまま、しばらく時間が流れた。

「これは、いったい……?」ユーイは首を傾げた。

イルグナは逃げるでも襲いかかってくるでもなく、瞬きをくり返しながら、ただ二人を観察している。たまに耳をぱたぱた上下させるだけである。

動いているのは背景の枝葉と、イルグナに集《たか》る虫だけだった。

「なるほどな」

イクスはなにかに納得した様子で、鞄を地面に降ろした。

「あ、あの、なにを悠長に……」

「大丈夫だ。ほら、背中を向けても襲ってこないだろ」

「たしかにそうですが」

彼が視線を外したせいで、四頭の視線は一斉にユーイへ向いた。「ひっ」と声が漏《も》れそうになったが、どうにか一人で睨み合いを続ける。

イクスはなにやら細長い物体を鞄から取り出した。紙と紐《ひも》で全体が覆われている。結び目を解くと、加工された木の棒が現れた。

「よし、ユーイ。これに火をつけてくれ」

「は、はい？」

「松明だ。それくらいの魔法は使えるだろ？」

「それは、そうですが……」

イルグナと松明を見比べ、ユーイは眉を顰めた。今さら松明を持ったところで、イルグナを追い払えるとは思えない。むしろ余計な刺激を与えるだけだろう。

彼女の不安など目に入らないように、イクスは片眉を上げた。

「早くしろ」

「あ、ああもう、わかりました！」

杖を軽く振り、小さな熱力を生み出す。松明の先端で維持していると、間もなく音を立てて燃え始めた。

火が点《つ》いた瞬間、イルグナたちは動揺したように顔を背けたが、またすぐに先ほどの姿勢で二人を見つめだした。

イクスは松明を掲げ、躰の前で小さく振ってみせる。

「や、やっぱり駄目ですよ、これでは……」

「そうか？」

「早く逃げたほうが……え？」

目の前の光景が信じられず、ユーイは瞬いた。

鼻をひくつかせていたイルグナたちが、ふいに面をもたげると、林の中へ走り去ったのだ。

火を恐れた、という感じではない。とつぜん興味を失ったように、一斉に消えてしまった。

「これを頼む。森は燃やすなよ」

松明を差し出して、イクスが言った。

その後の道のりは驚くほど順調だった。

標高が上がるにつれ草木が減っていったこともあるが、恐れていた魔獣とまったく遭遇しなくなったのである。あのイルグナが最初で最後だった。

片手に持った松明を見ながら、ユーイは問いかけた。

「この松明は何なのですか？」

「エスネで作った松明だ」

「エスネといえば、魔獣が嫌がるという――？」

「ああ。松明で燃やすと煙が拡《ひろ》がっていくからな。より広範での魔獣除《よ》けになる。この街の店で買っておいた」

「なら最初から使っておけば良かったじゃないですか」

「いや、あまり意味はないんだ」

「え？」

「魔獣除けになるとは言ったが、正直そこまでの効果はないんだ、エスネの松明には。ほんのおまじない程度だし、もっと言えばあれだけ接近した魔獣を追い払うなんてできない」

「でも、さっきのイルグナは――」

「ああ。この山の魔獣が特別嫌がるのか、あるいは別の理由があるのか……。ともかく篝火と松明の意味は、こんなところだろう」

何を言っているのか理解するのに、少しかかった。

「まさか――竜形見の再現をしているのですか？」

その馬鹿馬鹿《ばかばか》しい発想を、イクスはあっさり首肯した。

「そうだ」

「そうだ、って……」

「どんな祭りにも発祥がある。山の瞳《フルメニーニア》が、最初から砂山だったとは思えない」イクスは振り返らずに言った。「たかが盛り土にそんな大層な名前付けるか、普通？」

「あなたの普通は知りません」

「祭りの起源――儀式には『本物』があったはずだ。この街で山といえば、誰だって思いつく場所は同じ。そう考えれば、山に向かうが誰も手助けできない『無垢なる者』、そして松明で人形を燃やす『山の瞳の光り《サビネータ・フルメニーニア》』――それぞれが何を意味しているのか、わかった気がしてこないか？」

「山の瞳はアグナス山、無垢なる者は登山者、山の瞳の光りとは、松明を持って登頂することだ――と？」

「間違いない――と断言はできないが、それらしい推測だろ。竜形見は、アグナス山に登ることを模した祭礼だ」

「よくもまあ、そんなことを思いつきましたね」

「おそらく初めは本当に山に登っていた。それがいつからか簡略化されて、街の祭りで代用されるようになったんだろう。なら、俺たちは儀式を再現してみればいい」

「再現して――どうするのですか？」

「そう、問題はそこだ」イクスは頷いた。「重要なのは、竜形見によって手に入る宝……」

「金塊にも『本物』があったと？」

「アグナス山は金山じゃない。登って得られる宝としては不自然だ。もしかすると、それこそが本当に――」

「そうだとして、なぜ祭りや儀式で行う必要が？　そんな得ができるなら、一年に一度、一人しか採りに行けなくする理由なんて……あ」話しながらユーイは思い至った。「司祭が独占するためですね。稀少な資源を、できるだけ長く。そのために山の立ち入りを制限して、祭りの蔽《おお》いで秘密を隠した」

「夢のない話だけどな」

「しかし再現するといっても、私たちは子供ではありませんし、今は夜でもありませんよ？」

「それは後付けの要素だろう」

「なぜそう考えるのですか」

「いくら標高が低いからって、子供一人でこの山を登るのは不可能だ。大人でも、夜中に登るのは無理がある。つまり後付けってことだ」

「……たしかに言うとおりですけれど」

「『無垢なる者』は子供というより、そうやって儀式を行っても真相に気づかないような――あるいはそれを言い触らす能力のない人間、という意味だったんじゃないか。司祭やその家族が行っていた可能性もあるが……」

「ぞっとしない話ですね、それは」

イクスは応《こた》えず、「松明を」と手を出した。

頂上が近づいて、黒い岩が積み重なる領域に踏み込んでいた。

斜面も急になり、手足を使って攀《よ》じ登っていくしかない。鞄が肩に喰《く》い込み、歯を食いしばってユーイは岩にしがみついた。

イクスはどうかと見ると、片手に松明を持ったまま、器用に斜面を登っている。普段は杖作りで引き籠《こも》ってばかりのくせに、どこにそんな体力があるのだろうか。逆に体重が軽いからかもしれない。

空気が薄くなり、また漂う噴煙もあって、呼吸が苦しくなってきた。目には涙が滲む。何度も咳《せき》をしながらユーイは手足を動かす。登山者がいないのも当然だ、と思った。誰が好き好んでこんな場所にくるだろう？

目の前の岩を越えることだけを考え、無心に登り続ける。摑《つか》んだ岩が外れそうなら、別の道筋を探さねばならない。うっかり落ちれば躰は岩場に打ち付けられ、最悪そのまま死ぬだろう。イルグナと対峙《たいじ》したときより遥《はる》かに彼女は緊張していた。

「ほら」

「……え？」

顔を上げると、イクスが彼女に手を伸ばしていた。

それより上には空しかない。

下を向くと、延々重なる岩が見えた。

「手を貸そう」イクスが言う。

「いえ……一人で、登れます……ので！」

彼の手を摑まず、ユーイは山頂に辿り着いた。

頂上は広い円形になっていて、見渡す限り巨大な岩が転がっていた。今いる外縁部が最も高く、中央に向かって低くなっている。そちらに噴火口があるのだろう。

荷物を投げ出し、イクスの足許に座りこんだ。蒸れてしょうがない外套を脱ぎ捨てる。

荒い呼吸をくり返す。軽く腕を振って、痺《しび》れがとれるのを待った。

「いい景色ですね」

「ああ」

山頂からは、遠く麓の景色が霞んで見えた。アグナスルズの地味で静かな街並み。街から延びる道は茶色く、麦畑が風にそよいでいる。目を凝らすと、街の傍《そば》に赤い点があった。ハルニィの花畑がここから望めるのだ。

休憩を終えた二人は、転ばないよう気をつけて頂上を歩いた。北東を見ると、ずっと遠くまで尾根が続いていた。標高はここよりも高い。

一回りしたあと、噴火口へ足を進める。

中央へ向かっていくと、すぐに地面がなくなり、崖のように深い穴が開いていた。

穴からは絶えず白い煙が吹き上がり、奇妙な臭いが漂っていた。吸いこんでも大丈夫だろうか、と口もとの布を確かめる。

太陽の角度のせいで、穴の底まで光が届かず、暗闇《くらやみ》でよく見えない。かなり深いということだけはわかった。

「溶岩湖はないのですか」

　ユーイはそう呟いた。噴火口というのは、煮えたぎる溶岩が溜《た》まっているものではないのだろうか。火山に登るのは初めてなのでわからない。

　傍《かたわ》らのイクスを見上げ、ユーイは訊ねる。

「……で、このあとはどうするのですか？」

「さあ……。祭りにはこれ以外の儀式がなかったからな」彼は眉間に皺を寄せた。「こうして山頂にくれば、宝が転がってるとばかり」

「他にも手続きがあるのでしょうか？　竜形見になぞらえれば――人形を燃やすとか」

「燃やす……なにか燃やせるようなものは？」

　金塊や宝の代わりに黒い岩が転がっているだけで、草木など影もない。

「もしくは――」とユーイは山頂の景色を見廻した。「実際に山に登っていたころは、なにかあったのかもしれません。竜の心臓が噴火などで飛び出し、岩場に落ちる。それを拾って、竜から奪った、と吹聴したのではないでしょうか」

　彼女は俯いて考えを巡らせた。

「しかし時が経《た》つにつれ、竜の心臓は見当たらなくなった。大規模な噴火が減ったためかもしれません。ですが、それで何も得られなかった、と言うのでは司祭の面目が立ちません。そこで宝は金塊ということにして、祭りも街の中で完結するようにして、どうにか信仰を保った……新派に街を明け渡すまで」

「じゃあ、俺たちはもう遅かったってことか？」

「ただの思いつきですけれどね」ユーイは肩を竦める。

「……そうか」

イクスの表情の変化は乏しいが、決して無感情というわけではない。それはこれまでの付き合いで気づいていた。しかしそれにしたって、ここまで落ち込んだ姿を見るのは初めてだ。まるで叱《しか》られた子供のように、一回り躰が縮んで見える。

「最初から無謀な話だったのですよ、イクス。まったく手掛かりのない状態から、推測に推測を重ねるような形でこそあれ、ここへ辿り着いた——それは一つの成果でしょう。あなたの尽力に謝意を表します」

「気休めはいい」

「そんなことは——」

「いいんだ。結局俺は半人前だった、というだけだ」イクスは項垂《うなだ》れた。「ああ……。義姉さんに任せておけば、もしかしたら……」

ユーイは咳払いした。

「まあ、これで終わりではありませんからね」

「……どういう意味だ？」

　真顔で首を傾げる彼を見て、口もとが緩《ゆる》む。

「竜の心臓は無理でも、杖の修理はやってもらわないと困ります。お願いしますね、イクス」

「ああ……、また義姉さんの店を借りるか」

「三人を助けに行かなくてはいけません。それにもうじき夏季も終わります。学院の再開に間に合わせなければ」

「そうだな……早く帰らないと」

「ええ、そのとおりです」

　しかし言葉と裏腹に、イクスはいっこうに帰ろうとしなかった。その場でずっと俯いている。

「あの、イクス？」ユーイは彼の横顔を見上げた。「大丈夫ですか？　落ち込むのはわかりますが、そろそろ――」

「最後に試していいか？」

　イクスは俯きながら――否《いな》、穴の底を見つめながら言った。

「え、何をです？」

「ただの思いつきを」

「はい？」ユーイは首を捻る。「よくわかりませんが、まあお好きにどうぞ」

「わかった」

振りかぶって、イクスは松明を噴火口に投げ入れた。

松明は斜面で跳ねながら、穴の底へ転がっていき、暗闇に消えた。

山頂に吹く風のほかに、何の音もしなくなる。

しばらくしてから、ユーイは努めて穏やかに訊ねた。

「で、いったい何のつもりですか？」

「駄目みたいだな」イクスはため息を吐いた。「自分なりに『人形を燃やす』ところをやってみたんだが。まずかったか？」

「火口に松明を投げ入れたら竜の心臓が飛び出てくる、と考えたわけですね？　なるほど、愉快な想像です」

「…………」

「思いつきの是非は別として、あのですね。松明を捨ててしまって、帰りはどうします？」

「行きで服に臭いが付いただろうし、ここの魔獣はおとなしい。ま、大丈夫だろう」イクスは平然と答える。

「はあ……。わかりました、最後くらいはあなたの推測が当たることを祈りましょう」ユーイは外套を纏った。「帰りますか」

「ああ」

最後に二人は穴の底を覗《のぞ》きこんだ。

平穏な暗闇から白い煙が洩《も》れ出ている。

それだけだ。

小さく頷きあって、背を向ける。

そうやって数歩進んだときだった。

「――これは？」

ユーイは茫然と立《た》ち竦んだ。

傍らを見ると、イクスも似たような表情を浮かべている。

「ユーイ、気をつけろ！」

「気をつけるって、どうやってですか！」

「いや、それはわからないが――！」

彼らの声はすぐに掻《か》き消された。

話し声など相手にならない大音量。

人間にそんな音は出せない。

魔獣にも出せない。

生物には不可能だ。

アグナス山が――。

山が、唸っていた。

5

地下深くから衝《つ》き上げるような爆音がイクスの鼓膜を震わせた。

大気が衝撃波となって叩き付《つ》け、小石や岩さえ揺れ動く。

「くそっ」

咄嗟《とっさ》にユーイへ腕を伸ばした。互いの躰を支え合い、どうにか安定を確保する。

「噴火の前兆でしょうか⁉」ユーイが叫んだ。

「俺が松明を入れたからか⁉」イクスも叫び返す。

「だとしたら一生恨みますよ！」

「残りわずかな一生だぞ、もっと有意義に使え！」

言い合っていると、そのうち少しずつ唸りは収まっていった。揺れも小さくなる。

やがて音は完全に止んだ。辺りが静まり返る。音量の差のせいで、イクスは甲高い耳鳴りがした。

腕を下ろしながら、ユーイが呟く。

「収まった……？」

「わからない。第二波が来るまえに、山を降りよう」

「ええ、そうですね……」

そう言って火口から離れようとしたとき、また音がした。

「え……？」

足を止め、二人は振り返る。

先ほどのような大音量ではない。穏やかな深い響きが、彼らの耳朶《じだ》を打つ。

否《いな》――音ではない。

それは、声。


――久しいな、火の者。


「こ、これは……？」

ユーイは周囲を見廻して声の主を探したが、もちろんこの場には彼らしかいない。

「違う、ユーイ。そこにはいない」

「し、しかし、ならどこから……」

「あそこだ」噴火口を指差し、イクスは言った。「声はあそこから響いている」

「では、火口の下に――？」

「違う……。そうじゃないんだ」

イクスは口もとに手をやって、首を振る。自分の手が震えていることに彼は気づいた。この依頼を受けてからいくつも考えた推測《思いつき》。その中でも、最も非現実的な空想――あまりの荒唐無稽さに、ユーイにすら話さなかったそれ――が、現実のものになろうとしている。

「どういう意味ですか、イクス……！」

「――竜なんだ」

「はい？」

「今俺たちが立っているここは山じゃない――竜なんだ。アグナスっていうのは火山じゃなく、竜そのものの名だったんだ……」

ふらふらと足を動かし、イクスは怒鳴った。

「そうなんだろう⁉」

「――そうだとも」

今度こそ瞭然と聞こえた。深くゆったりした声が、二人に語り掛けている。

「私たちは、お前たちが竜と呼び、アグナスと呼び、フルメニーニアと呼び、あるいは山と呼ぶ者だ」

「山が……竜……？」

信じられないという面持ちで、ユーイは何度も首を振った。

「……前に言いかけたことがあったよな？」イクスは自分に言い聞かせるように言った。「竜が今も生きているとして、目撃されないのは小さくなったからか、透明になったからか――って。その最後の理由だ。小さすぎるものが見えないのと同様に、大きすぎるものは見えない」

アグナス石の鉱脈は尽きず、廃鉱の亀裂から欠片が流れ落ちている。

それは竜の心臓《未知の宝石》が生んでいるのだと考えていたが――石が石を生み出すなんて推測より、ずっと自然な解釈がある。

つまり。

竜の心臓は心臓で。

山《躰》になにかを送り出し。

アグナス石とは、体内で循環するそれが滲みだし、結晶化したものだとしたら。

「赤聖塊《シンイ・アレッツ》とアグナス石の混成芯材が、竜の心臓と似ていたのは偶然じゃなかった。どっちも鉱物と生物の中間体なんだから、似ていて当然だ。あのとき感じた強い鼓動は錯覚じゃなく……」

そうは語ったが、信じられないのはイクスも同様だった。山そのものが竜だなんて、御伽噺《おとぎばなし》にも謳《うた》われない。いったい誰が信じるだろう？　こんな子供の妄想……。

アグナスはゆったりと言葉を紡いだ。

「――お前たちが来るのを待っていた。以前来たのはいつだったか……」

「せ、千年まえから竜の記録は残っていない」イクスの声は震えていた。

「千年……火の者の暦はわからぬが、そうか……。それは、昔、なのだろうな」

「こ、こちらの言葉がわかるのですか？」ずいぶん怯《おび》えた様子ながら、ユーイが訊ねた。

「ああ、わかるとも」アグナスが喋《しゃべ》るたび、大気が柔らかに揺れる。「私たちの目は地の涯《はて》を見通し、私たちの耳は水面《みなも》に触れる羽すら聞き逃さぬ。お前たちが語り掛けようとさえ思えば、いかに遠かろうと心の中をも知れる」

「竜の魔法……」イクスは呟く。

竜の魔法――無限の魔力を持つ竜は、想像の及《およ》ぶすべてを実現したという。何ができても不思議はない。

へたり込みそうになるのを堪《こら》え、イクスは話を続ける。

「俺たちが以前も来た――と言ったな。どんな奴《やつ》が来ていたか、憶えているか？」

「火の者の区別はつかぬ。だが……、そう、来るのは毎回一つだけだったな。あのころは、私たちは今より小さかった……」

「ま、待ってください」ユーイが口を挟んだ。「小さかった？　アグナス山が小さかったなんて記録は見たことがありません。なぜ大きくなったのです。いったい、どれほど昔の話なのですか！」

叫び声が山頂に谺《こだま》する。

するとわずかな間を置いて、山が微動を始めた。奇妙な響きとともに、小刻みの震動が襲ってくる。

　アグナスが笑っていた。

「……そうか、お前たちは、私たちを知らぬのだな」心なしか楽しげな声が言った。

「伝説でいくつか語られてはいるが……」イクスは答える。「とりあえず俺は、竜に逢った人間など見たことがない」

「なるほど、なるほど」

「あの、アグナスさん、どうか教えていただけませんか？　あなたはなぜここにいるのか、大きくなったとはどういう意味なのか――」

「いいだろう」

　彼女の頼みをアグナスは簡単に聞き入れた。竜から見れば、人間など肌を這《は》い回る虫のようなものだろうに、なぜこうも優しいのだろう。穏やかに死へ向かう老いた獣を、イクスはふと連想する。

「しかし大丈夫かね？　私には時間があるが、火の者に許された時間は短い」

「まあ、できるだけ掻《か》い摘《つま》んで頼む」

　そう言うと、またアグナスは笑った。

「面白《おもしろ》い……、ここにやって来た火の者は、お前たちのように話さなかった」

「す、すみません、お気に障りましたか……？」

「いいや、いいや、それで良い。そのために、私がここにいるのだ」

そしてアグナスは語り始めた。

「私たちの始まりが何であったか、それを私は知っていない。私は私たちのなかでも最後の世代だった。私が目を開いたときには、私たちは天空を駆け、森に、山に棲んでいた。遠くの森に、暗い森に、大きな山に、連なる山に、そして今いるこの山にも」

「森や山に……？」ユーイが呟く。

「ああ――。当時の私たちは、今ほど大きくなかったのだよ。私たちはお前たちと関わりを持ち、望むものを与えた。望むものは時によって違った。金塊、智慧《ちえ》、生命、ときには剣なども与えた」

それはまるで、竜殺しの英雄や、竜と交流した巫女《みこ》が手にしたという宝のような――。

「ちょっと待ってくれ」イクスは手を開いた。「望むものを与えた？　そんなことをして何の得がある？　人間なんかに肩入れしても――」

「火の者だけではない。他の者にも望むものを与えている」

「ほ、他の者？」

「黒翼の者、蒼鱗《そうりん》の者、捩角《れいかく》の者――これはお前たちも会っていたな。他にも数多くの者が、私たちの傍にいる。そして私たちは、その者たちが外に放つ力を吸っている。望むものを与えるというのは、それに対する返礼に過ぎない。もっとも、食事以外のものを望んだのも、私たちに言語で語り掛けてきたのも、火の者、お前たちが最初だったが……」

「力を吸っている……それが竜の力の源か」

以前ユーイと話したことがある。無限の魔力、巨大な体軀《たいく》を支える燃料を、竜はどうやって得ていたのか、と。生物が発する魔力を集める能力があるならば、なるほど、間違いなくそれは無限といえる。そこに上限がない以上は――。

「火の者は興味深かった。私たちと積極的に関わろうとする者も、逆に関わりを断とうとする者もいた。特に言語の器でやりとりするのが面白かった。お前たちは色々なことを話したな。それは初めて知る歓びだった。とはいえ……」

アグナスが言葉を区切ると、火口から白い煙が噴き上がった。

「……私たちが始まってから永《なが》い時が経った。私たちの多くは疲れていた。あるとき、私たちのうちの一つが、大地と共に眠ることを決断した。すると他も、同じく眠りを望んだ。しかしながら、偶然それを知った火の者が望んだのだ。『それは困る。どうか自分たちとの交流を続けてくれまいか』――と。そこで、私たちから若い者を択び、後の交わりをすべて託すことにした」

「それが――あなたか、アグナス」

ああ、とアグナスは唸る。

「その火の者は変わっていた。訪れる際の合図を取り決め、それ以外のときは決して会話せぬよう私たちに約定を結ばせ、いつも一つずつでやって来た。火の者の望みに応え、私が交流のすべてを承った。他の私たちは安心し、私の躰の上で次々と眠りについた。躰同士が混ざり合い、私は私たちになった。私と同じ世代の私たちも、やがては生に疲れ、同じように眠りについた。私たちはさらに大きく、長くなった」

つまり……。

アグナス山だけではなく、北東へ向かって延々連なる尾根も、アグナスの一部——ということか？

「お前たちの暦でそれがどれほど昔のことなのか、私にはわからない。これが、問への答だ」

「あなたは——」ユーイは訊ねた。「あなたは、疲れなかったのですか？」

「火の者が来るかぎり、私は疲れない。その交わりを特に好むからこそ、私が択ばれたのだ。だが……」再び煙が噴き上がる。「いつからか、お前たちはやって来なくなった。会話を交わすことがなくなり、麓から望むばかりになった。それすらもいつしか無くなった。わずかに立ち入る者、体内を掘り進む者は数あれど、合図は出さず、なにも望まない。数回だけここまでやって来た者がいたが、その者たちは遠く去っていった。私はただ待ち続けた。体内で剝《は》がれた物を集め、口から吐いた。たまに微睡《まどろ》んだ。そう、そうなってからは——疲れた、かもしれぬ」

千年以上まえに竜は絶滅した——そう記録が残っている。

交流のための儀式は、いつしか街の祭りに姿を変え、その祭りさえも消えてしまった。

そうして待ち続けた時は、どれほど長かったのだろう？

山になり、動くことも、語り掛けることもせず、ただ待ち続けた年月は――。

「どうしてだ？」思わずそんな呟きが漏れた。

「何がだね？」

「どうして――そんな使命に従い続けた？　他の竜に託されたのはわかる。だが、もう充分果たしていたはずだ。疲れても眠れず、人間もやって来ない。反故《ほご》にしたって誰も気づかない。それなのに、こうして孤独に待ち続ける理由があるのか？　いなくなった奴に従うなんて……」

「それはだな」アグナスは穏やかに答えた。「託されたものがあるかぎり、私は私たちだから だ、火の者。真の孤独はないのだよ」

「……ああ。そういうことか」

イクスは深々と息を吐いた。

幾度か首を振り、ゆっくりと口を開く。

「アグナス……。竜と交流する手段、その合図は、もう失伝した。竜が存在することも、ここで生きていることも、もう誰も知らないんだ」

「そうか……、そうではないかと思っていた」

強い風が吹いて、煙を押し流していった。

「だが、お前たちは思い出したのであろう？　火の者、お前たちは、私を忘れなかった。こうして私に合図を送り、会話をしにきた。であれば、他の者たちも思い出すのだろう？　また昔のように、私の許を訪れるのだろう？　そうではないか？」

「――それは無理だ、アグナス」

「イクス！」ユーイがこちらを睨んだ。

「事実を話している。俺たちがここへ辿り着けたのは、本当に偶然のようなものだ。他の奴が同じようにできるとは思えない」

「私たちが広めればいいことです！」

「そんな力、俺たちにはない」イクスは決然と言う。「近くの数人には伝えられるだろう。だが、誰が信じる？　よしんば信じる者が現れたとしても、そんな知識は脆《もろ》いものだ。俺たちはすぐ死ぬし、伝え聞いた誰かもすぐ死ぬ。それを知っていたから、昔の人々は『祭り』を作ったんだ。忘れても忘れないように、ずっと後世に伝わっていくように……。だが、強固な伝達手段である祭りは失われた。わずかに憶えている者も消えようとしている。だから――」

　イクスは口を噤《つぐ》んだ。

「……そうか」アグナスは呟いた。「お前たちはもう、来ぬのか」

「アグナスさん、私は――」

「いや……良いのだ、火の者」

再び山頂に煙が立ち込めた。

霧がかかったように、景色が白く染まっていく。

「そう、そうなれば、私の使命は果たされたということだ。火の者の望みは果たされたということだ……。ならば――それで良いのだろう。私が眠りにつき、私たちは細やかな歴史を閉じるとしよう」

「でも、それは――」そう言いかけて、ユーイは肩を落とす。「誰も読まず、誰も知らず、ただ朽ちていくなど……ですか」

「何の話だ?」

「いえ……何の話でもありません」

彼女は静かに微笑んでみせた。

「あなた以外に、起きている竜はいないのですか?」

「おらぬ。私が、最後だ」

「…………」

白い景色の向こうから、アグナスの優しい声が響く。

「望みを言いたまえ、火の者よ。それが何であれ、私はそれを与えよう」

イクスとユーイは視線を合わせた。

頷きを交わし、イクスが両手を掲げた。

「あなたの――竜の心臓を望む。俺が持てるくらいでいい」

「わかった……与えよう」

「い、いいのですか？」ユーイは思わず言った。「心臓って……」

「私の躰にはいくつも心臓があるのだよ」アグナスが答える。「そうでなければ、全身へ熱を運ぶことはできぬ。一つや二つ消えたところで、況《ま》してや欠片を千切ったところで、何の支障もない――そら」

煙の中から、一抱えもある宝石が現れた。

赤く――湯気の立つ、鉱物と生物の中間体。

竜の心臓。

「以前にも他の私に心臓を望んだ者がいたものだ……」

心臓は浮遊してくると、イクスの腕に収まって、重みを増した。

「重っ、熱っ！」

放り出しそうになったが、何とか落とさず抱えこんだ。

腕に収まった赤い輝きを見つめる。まだどくどく脈打っているような気がした。

ついに手に入れたのだ――。

腕に収まった赤い輝きを見つめると、どうしても顔がにやけてくる。これだけあれば、研究し放題、杖も作り放題だ。

「では、もう一つの望みを言いたまえ」

「……え？」ユーイが口を開ける。「の、望みは、一つだけ……なのでは？」

「そのような約定はない。お前たちは二つ。だから、叶《かな》える望みも二つだ。言うがいい、火の者」

「い、イクス……」ユーイが心許《こころもと》ない表情でこちらを見つめてくる。

「ユーイの欲しいものを頼め」

「ですが、竜の心臓は私の……！」

「違う。ユーイが望んだのは杖の修理だ。竜の心臓を必要としたのは俺の都合にすぎない」

二人は互いの姿を瞳に映した。

やがてユーイは頷いた。

「……わかりました」

彼女は乾いた唇を湿す。

「アグナスさん——あなたの体内に、人がいますか？」

「ああ、幾つもある」

「えっと、そうではなく、体内に入って、出られなくなっている人たちです。たぶん三名いるはずです」

「ふむ……出られないのかわからぬが、しばらく動いていない者ならばある。三つほどあるな。

管の途中に引っ掛かっている」

「彼らは、い、生きていますか……？」

「ああ。弱弱しいが、生命の灯はまだ点《とも》っている。三つ、どれもな」

「ああ良かった……」ユーイは安堵《あんど》の息を吐いた。「アグナスさん、お願いします。その三人を、助けてあげてください」

「それがお前の望みか？」

「……はい」

「わかった、与えよう」

「あ――ありがとうございます！」彼女は頭を下げた。

「なに……礼を言うのは私のほうだ」

煙がゆっくりと晴れていく。

噴煙の消えた、青い空が見える。

「私を思い出したこと、ここへやって来たこと、その両方に感謝しよう、火の者よ」

「こ、こちらこそ、本当にありがとうございました。あなたの眠りが安らかなものであることを――心より祈っています」

「眠りとは安らかなものだ。だがその厚意を歓ぼう」

「……い、イクスも、なにか言ったらどうですか」

「ん？　ああ、そうだな」

　ユーイに小突かれ、何を言おうか迷ったすえに彼はふと訊ねた。

「……なあ、アグナス」

「何だね？」

「竜の場合も、眠ると埃《ほこり》になるのか？」

　一瞬、愉快そうに山が震えた。

　それっきり最後の竜《アグナス》の声は返ってこなかった。

　来たときと同じ山頂の風景を前に、二人は佇《たたず》んでいる。

6

　ユーイとイクスは山を降りた。

　岩場を下り、行きに切り開いた茂みを抜け、林道を歩く。

　帰り道では、魔獣は一頭も現れなかった。

「そういえば……」その最中、ユーイが話しかけてきた。「アグナスさんの答は参考になりましたか？」

「何のことだ？」

「訊ねていたでしょう。いなくなった者に従うのはなぜか、と」

「ああ……。いや、別にそういう意味で言ったんじゃない」

イクスは斜め上に視線を向けた。

気づかれていたのか……。

たしかにあれは自分への問だった。

そして、アグナスの答を聞いてわかってしまった。

あのとき、店を出るとき覚えた淋しさは……。

育った家を離れることへの感傷ではなく……。

ばれないようにため息。

だから、理由もアグナスと同じ。

託されたものがあるかぎり、死者はまだ死者ではない。

師匠がいなくなった穴を、あの約定書が埋めたから――。

けれど、その答は誰にも話さないだろう。

胸の奥に閉じこめて二度と思い出さない。

それを認めるのは――あまりに癪《しゃく》だ。

まるで子供じゃないか、と思う。

「ところで、なぜこの街の人は竜と約定を結んだのでしょうね？」そんなことを考えていると、ユーイが話題を変えた。「望めば竜は与えてくれます。それなのに交流を制限して、一年に一度、一つの望みだけにしたのは……」

「祭司が利益《りえき》を独占するため、と自分で言ってなかったか？」

「そうですね。でも――」ユーイは口もとに手を当てた。「こうは考えられませんか？　もしあらゆる望みが叶うなら、そのような都合の好い存在を人は利用し尽くすでしょう。人間の強欲から竜を守るために、儀式で秘匿した……」

「そうだとすると、秘匿したせいで最初の意志が忘れられ、人は山に登らなくなったわけだから、なかなか皮肉な話だな」

「アグナスさんが優しすぎたんですよ。山に登らない人の望みまで叶えてしまうから……」

ユーイはため息を吐いた。「これだけ色々調べたというのに、残った謎《なぞ》が多すぎます。なぜ新派はあそこまで徹底的に過去の信仰を消したのか、とか」

「まえも話したな」イクスは軽く頷いた。「祭りで得られる宝を独占して、住民の恨みをかっていたからだと考えたが」

「ですが逆の可能性もあります。祭りで得られた宝をしっかり街に還元していれば、住民はみな富んでいたはず。誰もが喜んで信仰していたからこそ、新派は苛烈《かれつ》にならざるを得なかった――と」

激しい羽音をたてて、黒い鳥が二人の頭上を飛んでいった。枝葉に遮られて、すぐに見えなくなる。

「記録——。探せば、その記録も見つかるでしょうか？」

「時間切れだろう。俺たちには見つけられなかった」

「はあ……、わからないことだらけです」

「それが普通だ」

過去を語れるのは記録だけだ。

だから、もうわからない。

失われた祭礼が、どれだけ賑《にぎ》やかだったか。

喪《うしな》われた竜が、どれだけ優しかったか。

——そんな記録は、どこにもない。

7

目を覚ましたとき、部屋には朝陽が射しこんでいた。イクスは目を擦りながら、上半身を起こした。上に重なって寝ているモルナの躰をどかす。床に落ちた際、「むぐ」と呻いたようだ。欠伸《あくび》をしながら、彼は店頭へ向かった。

竜の心臓を扱える、という興奮のせいでついつい熱が入ってしまう。ここ数日の二人は、体力の限界まで働き、気絶するように眠る生活を送っていた。

店に出ると、ユーイがこちらを振り返った。腰に手を当てて言った。

「おはようございます、もう昼ですよ」

「ああ、おはよう」

「休まないのは躰に毒ですよ。わかっていますか？」

「躰の限界は躰が教えてくれる」

「もう……」

オットーはこちらに目もくれず、一心不乱に店の掃除をしていた。いつもの微笑み顔で、散らばった素材や道具を、正確にもとの位置へ戻している。

適当な椅子に腰かけ、イクスはパンを齧《かじ》った。

モルナの手伝いもあり、杖の修理は順調に進んでいる。なんとか学院の再開には間に合いそうだ。

「とにかく、無理だけはやめてくださいね」フードを深く被ってユーイが言った。

「出かけるのか？」

「ええ、少々約束がありまして――」

と彼女が玄関を出ようとした瞬間、向こう側から扉が開いた。

「こんにちはっ」

甲高い声が響く。

幼い少女が立っていた。金色の髪を長く伸ばし、少し大きめだが全身を覆う上等な衣服を纏《まと》っている。貴族の娘だろうか、汚れた店では浮いている。

彼女は太陽のように明るい笑みを浮かべ、店内の三人を順番に見つめた。

「シガン・アイマ」

真っ先にオットーがそう言った。

知り合いか――とイクスが訊ねようとしたとき。

「これでも見破られるか――なるほど」少女は顎《あご》に手を当てた。「容姿ではなく、立ち姿や言葉の発音で判断した、と考えるべきか……」

突如変わった口調に驚いたのも束の間、少女が膨らみだした。

ぼこぼこと奇妙な音を立てながら、躰が骨格ごと変化していく。

そこにはひとりの老爺が立っていた。

かなりの長身である。痩《や》せぎすの体形だが背筋は真《ま》っ直《す》ぐに伸び、細い棒のように見える。

顔に刻まれた皺は深く、眼光は猛禽《もうきん》のごとき鋭さだ。白髪を短く刈り込んでいる。

すぐ傍で見上げるような姿勢になったユーイが呟いた。

「え……、し、シガン院長……？」

「む、君は学院の生徒かね？」シガンは片眉を上げる。

「は、は、はい……。ユーイ・ライカです」

「ユーイ――ルクッタからの留学生か。君も、杖の注文に？」

「いえ、私は修理をお願いしていまして……」

「そうか。モルナ氏の技術は一級だ。魔法を究《きわ》めるためには、まず一流の杖職人を見つけねばならない。君には素質がある」

「あ、ありがとうございます」

「君も生徒かね？」彼の視線がイクスに向いた。

「いや、違う」ぶっきらぼうに答える。

「あ、か、彼も杖職人なんです」ユーイが慌てた様子で口を挟んだ。「イクスといいます。私が修理をお願いしたのは彼のほうでして」

「ああ……、ムンジルの最後の弟子だな？」

「……そうだ」

「イクス、失礼ですよ！」

「いや、構わない。杖職人は人より杖を上に置く。そうあるべきだ」そう言うと、シガンはユーイを見下ろした。「ところで、出かけるところだったのでは？」

「あ、そうですけれど……」

「私に気にせず行きたまえ。ユーイ君、また学院で会おう」

「は、はい」シガンとイクスを見比べて、ユーイは曖昧《あいまい》に頭を下げた。「で、では、失礼します……」

そうしているあいだに、オットーが店の棚から、一本の杖を持ってきていた。全体を白塗りにし、上部に碧い宝石を填《は》めた長杖だ。

「これだ」オットーが杖を渡す。

「うむ、ありがとう。オットー君」

シガンは杖を受け取ると、懐に仕舞った。どう見ても入るはずのない空間に杖が消えていく。

彼は睨むように店内を見廻すと、再びイクスを見据えた。

「イクス君、すこし歩けるかな？」

「は？」

「話すことがある。一緒に来たまえ」

相手が従うのは当然といった感じで、シガンは店の戸を開けた。

「オットー君、モルナ氏に礼を伝えておいてくれ」

「わかった」オットーが頷く。

小さく顎を引いて、シガンは表へ出ていった。

仕方なくイクスも店を出た。相当な早足のようで、シガンは既に道の先を歩んでいた。

小走りになって追い付き、彼の横に並んだ。

表通りが何やら騒がしく、ここにも喧噪《けんそう》が聞こえてきた。

「ムンジルには世話になった」

何の前置きもなく、シガンは話をはじめた。

「私が持っている杖の多くは、彼に作ってもらった品だ。史上最高の職人だった。亡くなったのは、魔法界にとって大きな損失だ」

「そうか」

「だが、彼は杖の代わりに、優秀な弟子を遺していった。モルナ氏はその筆頭だ。既に何度も利用させてもらっている。今回の杖も素晴らしい出来だった」

「義姉さんが聞いたら喜ぶだろう」

「じきに君にも注文することになる」

「やめておけ。俺は半人前だ」

「そうかね?」

ふいにシガンの躰になにかがぶつかった。

彼の衣服に、大きな茶色い染《し》みが付いていた。道を見ると、貧民の子供たちが泥団子をぶつけてきたらしい。こちらの視線に気づくと、彼らはあっという間に逃げていった。

だがシガンは眉ひとつ動かさない。前方を睨んだまま変わらぬ歩調で歩いていく。泥団子に気づいていないのかと思うほど、何の反応も見せなかった。

再びイクスが追い付くと、彼は言った。

「私は君に会ったことがある。憶えているかね？」

「いいや」

「そうかね？　私は君から杖を受け取ったのだが」

「杖を？」

しばらく眉間に皺を寄せた後、イクスは小さく呟いた。

「……刻番九八八九・伝？」

「ああ、さすがの記憶力だな。そう、あのときもそうだった。私が注文の品を取りに行くと、ムンジルはまだほんの幼い君を呼びつけ、『あの杖を持ってくるように』と命令した。実に適当な指示だった。だが、君はあっという間にその杖を探し出した。あの酷く散らかった店からね」

「別に大したことはしていない」イクスは眉を顰めた。「散らかって見えても、ちゃんと整頓されていた。杖の製作年や、芯材、木材、性質、刻番、師匠の好みによってな。それさえわかれば簡単な話だ」

「言葉もまともに喋《しゃべ》れない齢《とし》の子が、それを記憶していたと？」

「俺は捨て子だ。生きるためなら、誰だってできる」

そうかね、とシガンは頷いた。

「これはムンジルが生きている間はできなかった話だが……彼はよく語っていたよ。弟子のなかで最も才能があるのは、最後の弟子——つまりイクス君、君だとね」

「……馬鹿な」

「いいや、本当の話だ」

「あり得ない。俺には魔力がないんだぞ？　試験魔法すら使えない。せっかく杖を作っても、その性能を自分で試せないんだ。才能以前の問題、生まれついての半人前だ」

「だから——だ。魔法を使えないことが、君の最大の才能だ」

「何を言っている？」

「いいかね、魔法杖を究めたいなら、外から見なくてはいけない。内に入ってはいけないのだ。例えば、自分が巨大な獣の腹にいると考えてみたまえ。そこから見えるのは腹の中にすぎない。わかるのは一部分で、獣の姿はわからないだろう？　それと同じだ。内から見えるのはごく一部。外に出てようやく本質を把握できる。魔法を扱うということは、魔法に取りこまれるということ。そうなれば最後、どれだけ腕を磨こうと、ある一点を突破することは決してできない。その点、君は純粋無垢だ。魔法を使えないお蔭で、君だけは魔法を外から観測できる。誰も持っていない才能を、君は持っているのだ」

「誰がそんなこと——」

「もちろんムンジルの言葉だよ」

「師匠が……？」

表通りから離れる方向へ二人は進んでいた。

喧噪は薄れていき、やがて静まり返った路地へ出た。

「信じられない。そんな才能、俺にはない」

「ふむ、そう思うか？」

「当たり前だ。俺に何ができるっていうんだ？」挑むような目つきで睨みあげる。「才能がないからこそ、俺は――」

「ユーイ君の杖を直したのだろう？　あの杖を」

シガンはその眼を一度瞬いた。

「それが君以外の職人に可能だったかね？」

思わず立ち止まる。

気にした様子もなく、足音が去っていく。

「シガン、おまえはあの杖を知って――？」

返事はなかった。

視線を道の先に向けると、シガンの姿は消えていた。

そのままイクスは一人きりで歩いた。

頭の中で彼の言葉が回っている。

師匠が？

本当に？

そんな話を？

内に入らず、外から見ろって？

「ああ……、まったく……これだから」

額に手を当てて、彼は呻いた。

「いくらなんでも、助言が遅すぎるだろう……」

8

表通りに集まった人々の顔には、一様に好奇の表情が貼《は》り付いていた。

彼らが見つめる先、通りの中央をルクッタからの使節団――褐色の肌と黒い髪、見慣れない装束《しょうぞく》に身を包んだ人々――が歩いている。

王都へ上るときも散々見世物にしただろうに、ずいぶん人気を集めたものだ、とユーイは息をついた。

誰かが野次を飛ばし、誰かが囃《はや》し立て、大変な騒がしさだった。愚弄《ぐろう》されているのか、歓迎されているのかも聞き分けられない。わかるのは、フードを上げれば、彼女もまったく同じ目に遭うだろうということだけ。

その群衆から離れたところで、ユーイは一人の人間と向かい合っている。

「……その後、お躰の具合はいかがですか？」彼女は訊ねた。

「ああ、問題ないよ。ダンもロザリアも元気そうだ。あんなことがあったのに、不思議だけど……」トマは苦笑する。「いや、あんなことって言っても、何があったのかわからないんだけどね。廃鉱の壁を壊して、川に落ちて、それからのことは憶えていない」

「ご無事でなによりです」

「……本当に何だったのかなあ、あれは」

気づいたとき、トマたち三人は、なぜか例の砂山の上で倒れていた。廃鉱で遭難したはずの彼らがなぜ、という疑問はもちろんだが、その他にも色々と騒ぎになった。

なにせ、あれだけ人通りの多い場所にも拘《かか》わらず、誰も彼らが現れた瞬間を目撃していなかったのである。天から降ってきたのでも、地から生えてきたのでもない。最初からそこにいたかのように、一瞬で現れたという。

さらに奇妙なことには、三人とも、全身血塗れの状態だったのだ。躰中が真っ赤に染まり、惨殺死体でもそうはならないという有様《ありさま》だった。だというのに彼らの躰には傷一つ見当たらなかった。いったい誰の血かもわからず、彼らはきつい尋問を受けた。

結局何事もなく――トマの家の力もあって――こうして戻って来られたわけだが、三人の疑問は募るばかりのようだ。ユーイにも彼らが無傷だった理由はわからない。よほど運が良かったのか、それとも――誰かがそう望み、与えられたのか。

「――ともかくだ、ユーイ。話す時間を作ってくれてありがとう」

「約束ですから」

「じゃあ早速、言わせてくれ」トマは真剣な表情を浮かべた。「あのときは無神経なことを言ってごめん。僕が悪かった。だから――また一緒に冒険者をやろう。僕のことが気に障るのはわかる。もし直せるところがあったら、絶対に直す。我儘だっていうのはわかってる。でも、お願いだ。僕たちには君が必要なんだ」

「それは卑屈すぎではないですか？」ユーイは穏やかに言う。「私を想っての提案なのでしょう？」

「うん、そういう――それで君を助けたいっていう傲慢な気持ちがあることは否定《ひてい》しない。でもこれも間違いなく本心だ。君は学業も魔法も優秀だ。今までどれだけ助けられたかわからない。だからどうか……、頼めないかな？」

「……ありがとうございます、トマ」

「じゃあ――」彼の表情が明るくなる。

「ですが、申し出は受けられません」ユーイは片手を開いた。「学院に来てからあなたたちがしてくれたこと、そのすべてに、私は感謝しています。もともと敵国の、言葉も満足に話せなかった私に、とても優しく接してくれました。本当に――一生返しきれない恩義です」

　ですが、と彼女は首を振った。

「私はあなたとはいられません。互いの幸福のために」

「やっぱり僕が――」

「勘違いしないでください。私は、トマ、あなたを恨んでいません。あなたのお父上も恨んでいません。私たちがこれからも学友であることは変わりません。私が恨んでいたのは――」

　俯いて、耳飾りに触れる。

「……本当は」声を落とす。「復讐するつもりだったのですが」

「え？　だ、誰に？」

　慌てた様子でトマは左右に視線を向けた。

「それは――」と言いかけて、ユーイは苦笑する。

　この杖が壊れるまえ。

　学院でトマと会話して、失望した。

　自分の間抜けさに深く失望した。

　本当に滑稽だと思ったのは自分のことだった。

　あの使節団が――話せばわかりあえると暢気に信じていた過去の自分のようで。

　彼らにもその愚かさを教えてあげたかった。そのために、自分が復讐するところを見せてやろうと思った。

復讐する。

誰に？

嘘《うそ》吐きに。

死ぬ気はないと言って二度と戻ってこなかった、あの嘘吐きに。

彼が置いていった杖で、復讐する。

生き延びよと言われたから、復讐する。

思いついてすぐ実行した。

自分の頸《くび》に。

杖を向けて。

目を瞑った。

パキ、と音がした。

けれど嘘吐きが嘘吐きではなかったことを、彼女は知っている。ある見習いの杖職人の顔を見て気づいている。

「それは――、悪いことのようですから。悪いことはもうできません」

「よくわからないけど……」トマは腕を組んだ。「ユーイ、君は悪いことをできる人じゃないと思う」

「そのようです」

風に脱がされないように、ユーイはフードを被り直した。

そしてまっすぐな視線で相手を見据えた。

「トマ、私たちはわかりあえないのです。どれだけ調べてもわからないことがあるように、あなたと私はどれだけ言葉を尽くしてもわかりあえない人間なのでしょう。だから一緒にはいられません。学院で話すことや、共に学ぶことはできます。ですが――一緒にいることは、今はまだ無理です。どちらが悪いのでもなく、ただの事実として、わかりあえない二人なのです」

「それなら、ユーイ！」トマが叫んだ。「今はって言ったね？　なら、いつかわかりあえると、そう信じていいんだね？」

喧噪が一段と大きくなった。

もしかすれば――と彼女は思う。

もしかすれば、ずっと将来。

始まりの意味を忘れて、ただの祭りだけが残るかもしれない。

建前の友好国ではなく、本当の交流が結ばれるかもしれない。

東からの使節団が、華やかな歓待とともにこの道を歩く日が――。

それくらいは、期待していいだろう。

約定のために誰との会話も禁じられた者の望みでさえ、永い年月が叶《かな》えたのだから。

「ええ、そうですね」

ユーイは心からの微笑みを浮かべた。

「百年か、千年も経てば、きっと」

エピローグ

星浮かぶ

RYU
TO
SAIREI

ユーイは次発の駅馬車を待っていた。糞や獣臭で、駅はかなり臭う。乾いた風が吹いて、土埃《つちぼこり》を巻き上げていった。

傍らにはイクスの姿がある。見送りに来たのだという。出逢ったときと較べればずいぶん賓客待遇になったものだ、と彼女は思った。

彼はしばらく、モルナの店で見習いとして働くことにしたそうだ。エネドの牙で得た金の大半は、竜の心臓の研究費に消えてしまった。とはいえ彼女の店の経営にもさほど余裕はなく、いずれ限界がくるだろう。そうなったら今度はムンジルの弟子の伝手《つて》を使い、どうにか各地の店に潜り込むつもりらしい。働く店の規模によっては職人登録が通ることもある。店を持つのはいつになるやら、とぼやいていた。

しばらく黙って座っていたが、ふとユーイは言った。

「気になることがあります」

「何だ?」イクスが首を傾《かし》げる。

「あなたが組合の倉庫で見つけた依頼書のことです。黒い石板で出来ていたという——あれは何だったのでしょう？」

「あれか……、さあなあ」イクスは手の平を上に向けた。「昔のものだったし、祭りの噂《うわさ》を勘違いした誰《だれ》かの依頼だったんじゃないか？」

「私の考えを言ってもいいですか？」

「考え？」

ユーイは姿勢を正して咳払《せきばら》いした。

「あれは、ムンジルさんの出した依頼ではないでしょうか」

「……は？」

「この杖《つえ》を作ったとき、彼は竜の心臓とアグナス石の関連に気がついたのです。アグナス山に竜の手掛かりがある——そう思い、組合に依頼した。もちろん達成されるとは考えていません。依頼を出した理由は別にあります。わかりますか？」

イクスは茫然《ぼうぜん》とした顔でこちらを見つめている。

「それは、弟子に手掛かりを残すためです。弟子が竜の心臓を必要としたときに備えて、彼は石板の依頼書を作った。丈夫で、劣化に耐え、そのうえ目立ちます。規定通り組合が倉庫に保管するなら、自分が死んだあともずっと残るでしょう」

「た、ただの推測だ——」

「さらに言えば」とユーイは続ける。「山そのものが竜である——あなたの師匠はそれにも気づいていた可能性があります」

「ど、どうしてそんなことが言える?」彼の声は震《ふる》えていた。

「依頼書の文面を憶えていますか? 区切りがない旧い文法で記されている、とあなたは考えていましたが、本当に区切りなく書かれたものだとしたら? つまり、『アグナス山・竜の調査』ではなく、『アグナス山竜の調査』だったとは考えられませんか?」

イクスはしばらく黙りこくっていたが、やがてゆるゆると首を振った。

「いや……あり得ない。師匠の出した依頼書だったというのは、まだわかる。竜の心臓とアグナス石の関連についても、百歩譲って認めるとしよう。だが——たったそれだけの手掛かりで竜の正体までわかったら、それはもう、人間じゃない。あの人は人間だ。人間だったはず……」

「ま、そうですね」かつてなく怯《おび》えた様子のイクスを見られて、ユーイは満足した。「忘れてください。思いつきです」

懐《ふところ》に杖の感触があった。芯《しん》材は新しいものに付け替えられ、彼女が初めて手にしたときより、さらに性能が上がったようだった。加減を間違え、試し振りで小火《ぼや》を起こしたのは記憶に新しい。

待合所の前に馭者《ぎょしゃ》が立ち、大きく手を打った。次の馬車がもうすぐ出る、と叫ぶ。ユーイが乗る馬車だ。

何となく彼女は口を開いた。

「死なないでくださいね」

「何だと?」イクスが眉《まゆ》をひそめる。

「杖の扱いを失敗して、死んだりしないでくださいね」

「死ぬ気は毛頭《もうとう》ない」

「ええ、ありがとうございます」

「何を言っている?」

「個人的な話です」

そう――どこまでも個人的な話だった。

彼の顔を見て勘違いに気づいた、というだけの個人的な感謝。

鞄《かばん》を手に彼女は立ち上がる。

馬車へ向かう途中、イクスが言った。

「もう壊すなよ」

「代えの芯材があるのに?」

「おい、あれを望んだのは俺《おれ》だ。次回は正規の修理費を請求するからな?　世界に二つとない素材だ。一国の金庫で足りるかどうか……」

「吝嗇《けち》ですね」

「まだ見習いの身だからな」

「わかりました、肝《きも》に銘じます」

駆者が荷物を受け取りに来た。それを手渡し、他の客が先に乗りこむのを彼女は待った。

そのとき、イクスが小声でなにか言った。

「でもまあ、あれが手に入ったのはユーイのお蔭でもあるからな」

「何ですか?」彼女は振り返って訊《たず》ねる。

「整備だよ」

「はあ……?」

イクスは口もとを手で隠して言った。

「だから、杖の整備ならやると言ったんだ。どうせ学院では使いっぱなしなんだろう? 俺がこの街にいるあいだ、店に来れば、安く請け負おう」

彼が何を言いたいのか、ユーイには一瞬わからなかった。

つまり……?

彼女は盛大なため息を漏《も》らした。

あんな繊細な作業をしているくせに……。

職人というのは、どうしてこう……。

「あきれるほど不器用ですね、あなたは」

「何が言いたい？」

イクスは真顔で首を傾げた。

無視して、ユーイは馬車に乗りこんだ。立《た》ち竦《すく》んでいる彼に向かって言う。

「学院からこの街までいくらかかるか、ご存じですか？」

「……高いのか」

「逆です」

「え？」

「学院の生徒は、安く利用できるのです」

返事を待たず、ユーイは馬車の扉を閉めた。

フードで笑いを隠すのに必死だった。

○

――石を拾った。

赤く輝く石で、触るとほんのり温かい。

少年は街の広場でそれを見つけた。広場の中央にある砂山に落ちていた――いや、それは正しい表現ではない。彼が砂山の前を通りがかったとき、突如そこに現れたのだ。

空を見ても鳥など飛んでいない、誰かが投げたわけでもない。そもそも、こんな綺麗《きれい》な石を棄てる人間なんていないだろう。

だから少年はその石を拾った。

誰にも言わず、お守り代わりに持ち歩くことにした。

彼には両親がいない。父親はどこの誰とも知れず、母親は彼を産んだときに死んだ。それから、ずっと祖母と二人で暮らしている。

祖母は少年を罵《のの》り、幾度もぶった。

祖母だけではない。大人も子供も彼を罵り、殴った。抵抗する術など知らず、彼はただ痛みに耐え、逃げ回って生きてきた。

そのたびに、山を見る。

彼の部屋の窓からは、街の外に聳《そび》える山がよく見える。
神々しい、といつも思う。
なぜ街の皆は山を見ないのだろう?
山を見るより楽しいことがあるんだろうか。
風が吹く夜も、雨が降る夜も、月明りの夜も、新月の夜も、少年は山を見続けた。
そして、心の中で語り掛けた。
今日あったこと。
好きなもの。
嫌いなもの。
力が欲しい、と涙を流し。
あいつらが憎い、と呪った。
山はただそこに聳えて、彼の言葉を受け止めてくれた。
毎晩、毎晩、毎晩……。
それだけのことに少年は救われた。
だからもしかして、と考えた。
この石は、あの山がくれたものじゃないだろうか。
自分でも下らない想像だとわかっていた。

しかし不思議なことに、石を持っていると、なぜだか勇気が涌《わ》いてきた。
それが気のせいだとしても——。
少年は少しだけ変わった。
殴られたら殴り返し、罵られたら罵り返した。
それでも苛《いじ》めは終わらなかったけれど、彼の誇りは、確かに生まれたのだ。
だから。
その夜も、少年は山を見上げていた。
今晩は月が出ていない。
分厚い雲が空を蔽《おお》って、外は真っ暗闇《くらやみ》だった。
それでも、少年はじっと見つめる。
手に握った石の温《ぬく》もりを感じた。
「……あれ」
少年は首を傾げた。
あの山が一瞬光ったような気がした。
目をごしごし擦《こす》って、もう一度見る。
見間違いではなかった。
山の頂上から、金色に光る粒子が噴きだしている。

粒子は空に昇り、黒い雲を下から照らした。

——星空だ。

呼吸さえ忘れて少年は星々を見上げた。

眩《まばゆ》いばかりの光が、空いっぱいに広がっている。

綺麗《きれい》だ、と思う。

今まで見たどんな景色より、美しい。

街は眠りについている。

わずかに起きている者も、山に目を向けたりしない。

ただ、一人だけ。

ただ少年だけが、その星空を目撃した。

やがて粒子は輝きを失い。

金色の光は消えていく。

再び暗闇に沈んだ夜空を、少年は見続けた。

涙が出そうなのが不思議だった。

どうしてだろう……。

悲しくも、痛くもないのに……。

自分はこれほど嬉《うれ》しいのに……。

一滴の涙を報酬に、奇跡の夜は終わりを告げる。
以来、アグナス山が鳴動することは二度となかった。

あとがき

本をどこから読むか――あるいは読まないか――を決めるのは、すべての読者が持つ自由のひとつです。しかし最後から読まれることを想定して構成される物語が通常ないように、こちらのあとがきも最後に読まれることを想定して書かれています（核心的なネタバレがある、という意味ではありませんが、人によってはそう感じるでしょう）。ご了承ください。

本作は第11回GA文庫大賞〈奨励賞〉を受賞した小説『竜と祭礼 ―魔法杖職人の見地から―』に、加筆・修正を加えた作品です。応募原稿との最大の違いは、もちろんＥｎ・ｊｉさんによる素晴らしいイラストの有無でしょう。

これを書いたのは二〇一八年一一月のことで、たしか二、三週間ほどかかったと記憶しています。とそう書いて気づきましたが、もう一年まえになるんですね。これほど以前のこととなると、もはや何を書いたのかあまり憶えておらず、読み返すたび、「これを自分が書いたのか」と他人事のように感じたものでした。受賞の連絡をいただいたときは天守閣にて葦名弦一郎《あしなげんいちろう》と死闘を演じており、現在はアメリカ再建のため東奔西走していますから、そういった意味でも月日の流れを感じるしだいです。

執筆はほとんど自分の部屋で行ったわけですけれど、どうにか内容を完成させた晩、とつぜん停電が起きて驚きました。しかしほどなくして、カーテンの向こうから眩い光が漏れてきます。不思議に思って開けてみるとなんと、窓の外から体長五メートルはあろうかというチョウチンアンコウがこちらを覗きこんでいました。

「これで暗くないですか？」とアンコウ氏が言いましたので、

「それは疑似餌では？」と訊ねると、

「ケース・バイ・ケースです。状況によって使い分けます」との頼もしいお言葉。「水面を見上げてごらんなさい」

そのとおりしますと、驚いたことに、水面がまるで燃えているかのように赤々と光っているではありませんか。この深海まで光が届いているのですから、相当に強い光なのでしょう。

「あれはいったい何ですか？」

「殖《ふ》えすぎた光を処分しています」アンコウ氏は答えました。「先年は光が陰《かげ》より2パーセント多くなるよう調整したのですが、担当者の申し送りが不充分でして、今年も同じ調整になってしまったのです」

「なるほど、半々になるようにしているんですね」

「いえ、今年は陰が1パーセント優越する予定です」

アンコウ氏の仕事は海底の光の調整ですから、本来地上の光とは無関係なはずなのですが、人手不足のためどうしてもと頼まれたそうです。そういうこともありましょう。

処分が終わるまで私はその場で待機となりました。

幸い部屋は完全に密封されており海水は入ってきませんでしたが、水圧でいつ潰されるかとひやひやしました。あとで伺った話ですが、そのときはメンダコの方々が外壁を支えてくださっていたそうです。直接お話しできず、とても残念に思います。

しばらくしますと、例の海底遊覧艇《りゅうぐうのつかい》がやって来て、私の部屋をピック・アップ。全長1キロメートルの巨体と、愁素ジェネレータの響かす重低音は圧倒的迫力でありました。もちろん乗客は私ひとりではありませんから、拾われた後、一旦アリューシャン列島を経由しての帰宅とあいなります。船内は噂にたがわぬ豪華さでして、ヒノキ造りの反転千人風呂、四十畳のバックギャモン盤、パープル・アルバトロスの特別ライブなど、たっぷりと満喫いたしました。

そんなことをしているうちに、たまたま隣の席に座ったムラセさんと意気投合。帰り際にはレモン味のラムネを下さいました。けれどせっかくの想い出を失くしてしまうようで、なかなか食べられずにいます。

帰ってくると、部屋のあった場所に一本の樹が生えていて少々困りました。伐採するのも可哀想なので、床に穴を空けて育てることにしまして、その樹から採れたカカオ豆を台座にして今このあとがきを書いています。

かくも色々なことが起こる現実（例えば書くこともないのにあとがき4ページ要求されるとか）に対して、物語ではさまざまな物事を割り切れるかたちで示さなければいけません。登場人物や設定やストーリーの一部を映し出して、それらの間を滑らかにつないでいくわけです。

しかしこの小説に関しては、「映しだす範囲」が少しだけせまく設定されています。あつかうテーマの都合上そのほうが誠実であり、もちろんそのほうが良くなる、と判断したためです。読み終わって、割り切れない、と感じる方がいらっしゃるでしょう。それも織り込み済みで書かれています。

主人公とヒロインに分類される登場人物がいて、おもに彼らの視点で物語が進みます。ジャンルは（分けることに大きな意味はありませんけれど）おそらくファンタジーになるでしょう。作中には独自の用語・設定が複数。小説全体を手段として語られる話が、誰を・何を核にして回っているか。それ自体はテーマではありませんが、テーマを直接縁取る輪郭線になっています。

このあとがきを書いている時点で2巻の準備もしているのですが、さてどうなるでしょうか。まだまだ割り切れない状況です。

二〇一九年　一二月　筑紫一明

ファンレター、作品の
ご感想をお待ちしています

〈あて先〉

〒106－0032
東京都港区六本木2－4－5
SBクリエイティブ（株）
GA文庫編集部 気付

「筑紫一明先生」係
「Enji先生」係

本書に関するご意見・ご感想は
右のQRコードよりお寄せください。

※アクセスの際や登録時に発生する通信費等はご負担ください。

https://ga.sbcr.jp/

竜と祭礼 —魔法杖職人の見地から—

発　行　　2020年1月31日　初版第一刷発行
著　者　　筑紫一明
発行人　　小川　淳

発行所　　SBクリエイティブ株式会社
〒106−0032
東京都港区六本木2−4−5
電話　03−5549−1201
03−5549−1167（編集）

装　丁　　AFTERGLOW

印刷・製本　中央精版印刷株式会社

ISBN978-4-8156-0396-0
Printed in Japan

GA 文庫